阅读之前 没有真相

午夜文库

绫辻行人作品集

绫辻行人 Ayatsuji Yukito (1960－)

日本推理文学标志性人物，新本格派掌门和旗手。

绫辻行人一九六〇年十二月二十三日出生于日本京都，毕业于名校京都大学教育系。在校期间加入了推理小说研究社团，社团的其他成员还包括法月纶太郎、我孙子武丸、小野不由美等，而创作了《十二国记》的小野不由美后来成了绫辻行人的妻子。

二十世纪八十年代是日本推理文学的大变革年代。极力主张“复兴本格”的大师岛田庄司曾多次来到京都大学进行演讲和指导，传播自己的创作理念。绫辻行人作为当时推理社团的骨干，深受岛田庄司的影响和启发，不遗余力地投入到新派本格小说的创作当中。

一九八七年，经过岛田庄司的引荐，绫辻行人发表了处女作《十角馆事件》。他的笔名“绫辻行人”是与岛田庄司商讨过后确定下来的，而作品中侦探的名字“岛田洁”来源于岛田庄司和他笔下的名侦探“御手洗洁”。以这部作品的发表为标志，日本推理文学进入了全新的“新本格时代”，而一九八七年也被称为“新本格元年”。

其后，绫辻行人陆续发表“馆系列”作品，截止到二〇一二年已经出版了九部。其中，《钟表馆事件》获得了第四十五届日本推理作家协会奖，《暗黑馆事件》则被誉为“新五大奇书”之一。“馆系列”奠定了绫辻行人宗师级地位，使其成为可以比肩江户川乱步、横沟正史、松本清张和岛田庄司的划时代推理作家。

绫辻行人“馆系列”作品年表

1987	《十角馆事件》
1988	《水车馆事件》
1988	《迷宫馆事件》
1989	《人偶馆事件》
1991	《钟表馆事件》
1992	《黑猫馆事件》
2004	《暗黑馆事件》
2006	《惊吓馆事件》
2012	《奇面馆事件》

绫辻行人作品集⑥

黑猫馆事件

[日]绫辻行人 著
樱庭 车吉 译

新 星 出 版 社 NEW STAR PRESS

目录

出版前言

一九八七年，在日本推理文学史上是一个举足轻重的年份。在这一年，绫辻行人的“馆系列”登上舞台，改变了推理文学在这个东瀛岛国的发展方向，而这一改变的影响一直持续到了今天。

在“馆系列”之前，日本推理文学被一种叫作“社会派”的小说统治。这种类型的推理小说属于现实主义作品，淡化了谜团和侦探在故事里的作用，注重揭露人性的丑陋和社会的阴暗，和之前人们熟悉的“福尔摩斯式”推理小说大相径庭。

社会派推理小说的创始者是日本文学宗师松本清张，他在一九五七年出版的小说《点与线》是这类作品的发轫之作。小说诞生于日本经济飞速崛起之后，刻画了繁华背后日本社会隐藏的种种弊端和危机，因此引发了广大读者的强烈共鸣，一举取代了传统的“本格派”推理小说，统治日本文坛长达三十年。

在这段时间里，日本的每一部推理小说均或多或少地带有社会派痕迹；每一位创作者也都不同程度地受到了松本清张的影响。当时评论界有“清张魔咒”这样的说法，其统治力和影响力由此可见一斑。

随着时间的推进，新一代读者迅速成长。这些读者对于日本战后的情况缺乏起码的“感同身受”，导致社会派推理小说的读者群日渐萎缩；加之由于内容过于“写实”，导致作品出现“风俗化”趋势，进一步失去了读者的爱戴。

在八十年代初期，先后有几位创作者进行了尝试，主张推理小说回归本色，重拾“福尔摩斯式”的浪漫主义。其中，最具影响力的莫过于有“推理之神”之称的岛田庄司和他的代表作《占星术杀人魔法》。

八十年代末，在岛田庄司的指引和支持下，京都大学的推理社团高举“复兴本格”的大旗，涌现出一大批推理小说创作者，成为新式推理小说的发源地。这些创作者创作的小说被评论家称为“新本格派”，而其中成就最高、影响力最大的，莫过于绫辻行人和他的“馆系列”。

“馆系列”的灵感来源于绫辻行人的老师岛田庄司的作品《斜屋犯罪》，是当时非常典型的新本格式的“建筑推理”。所谓“建筑推理”，是指故事围绕一座建筑物展开，而这座建筑通常是宏大的、奢华的、病态的、附有某种机关或功能的、现实中绝对不可能存在的。这种超现实主义舞台赋予了谜团全新的生命力，使其更加具有冲击力。这种诞生于二十世纪八十年代的“二十一世纪”的推理，正是新本格派的存在价值和最高追求。值得一提的是，“馆系列”的主人公侦探名叫“岛田洁”。这个名字来自“岛田庄司”和岛田庄司笔下的名侦探“御手洗洁”，也是绫辻行人以另一种方式在向老师致敬。

发表于一九八七年的《十角馆事件》是“馆系列”的第一部，截止到二〇一二年出版的《奇面馆事件》，这个系列总共出版了九部，并且还在继续创作当中。在这个系列里，绫辻行人运用了本格推理中几乎可以想到的所有手法，将“机关”渗透于故事的设置、陈述、误导、逆转、破解等各个层面。十角馆、水车馆、迷宫馆、人偶馆、钟表馆、黑猫馆、暗黑馆、惊吓馆、奇面馆……绫辻行人的“馆系列”犹如一部部悬疑大片，总能在故事被讲述到“山穷水尽”时，从不可能而又极其合理之处带给阅读者一次又一次震撼。

“馆系列”影响了当时所有从事推理创作的日本作家，直接鼓励了麻耶雄嵩、我孙子武丸、法月纶太郎、歌野晶午等一大批人走上了推理之路，其中也包括绫辻行人的夫人小野不由美。而其后京极夏彦、西泽保彦、森博嗣的出道，也和“馆系列”的启发密不可分，以至于这三位作家被评论界称为“新本格二期”。出道于二〇〇〇年以后的伊坂幸太郎、道尾秀介、东川笃哉、凑佳苗等新人，也都不同程度受到了“馆系列”的熏陶。二〇一二年获得直木大奖的女作家辻村深月更是为了向绫辻行人表达敬意，特意起了“辻村深月”这个笔名。如果说岛田庄司是当时第一个向“清张魔咒”发起挑战的作家，那么绫辻行人就是第一个击碎“清张魔咒”的推理作家。

之前中国内地曾有出版社引进、出版过“馆系列”，但一直没能出全；已出版的几册也因当时出版理念的影响，未能很好地展现这个系列的原貌，甚至出现了删改原版结局的情况。近几年，绫辻行人对“馆系列”做了修订，在日本讲谈社出版了新版，而中国读者还没有机会阅读这个版本，不能不说又是一大遗憾。

作为中国最大、最专业的推理小说出版平台，“午夜文库”经过不懈努力，在日本讲谈社总部及讲谈社北京公司的帮助下，终于有机会出版新版“馆系列”全套作品。“午夜文库”将采用全新译本和装帧，将最新、最完整、最精彩的“馆系列”呈现在读者面前。我们相信，作为已经经过时间验证、升华为经典的“馆系列”，一定会在“午夜文库”中占据重要而独特的位置，散发出永恒的光芒。

新星出版社

“午夜文库”编辑部

作者序言

亲爱的中国读者朋友们：

我以“绫辻行人”这个笔名出版《十角馆事件》一书是在一九八七年的秋天，距今已经超过四分之一个世纪了。自那时起，以“XX馆事件”为题、不断创作“馆系列”长篇小说便成了我的主要工作。到二〇一二年出版的《奇面馆事件》，这个系列已经出版了九部作品。我曾经说过要写出十部“馆系列”作品，距离这一目标也只剩下最后一部了。

在这一时间点，“馆系列”的中文新译版行将推出。旧译版只出到了第七部《暗黑馆事件》，这一次则将出版包括最新的《奇面馆事件》在内的全部作品。

跨越了国与国的界线、语言上的障碍以及文化上的差异，能在中国拥有这么多喜欢自己作品的读者，作为创作者来说，我在备感欣喜的同时，也感到了些许自豪。

“馆系列”作品着眼于“不可解的谜团与理论性的解谜”，属于通常意义上的“本格推理”小说。完成一部作品的方法有很多，除了重视这些着眼点以外，我一以贯之的目的，就是能写出具有“意外结局”的作品。当大家阅读到各个作品的结局时，如果能在“啊”的一声之后感到惊讶，对我来说就十分幸福了。

我听说，中国正不断地涌现志在从事本格推理创作的才俊。以“馆系列”为肇始的绫辻作品，如能对中国的推理创作事业的发展产生激励效果，那将是我无上的荣幸。

从《十角馆事件》到《奇面馆事件》，就请大家好好享受这段阅读“馆系列”九部作品的美好时光吧！

绫辻行人

二〇一三年三月

主要登场人物

鲇田冬马　　“黑猫馆”管理员。(60)

风间裕己　　“黑猫馆”现馆主的儿子，M 大学的学生，摇滚乐队“塞壬”的吉他手。(22)

冰川隼人　　风间裕己的表哥，T 大学研究生，摇滚乐队“塞壬”的钢琴手。(23)

木之内晋　　风间裕己的朋友，摇滚乐队“塞壬”的鼓手。(22)

麻生谦二郎　摇滚乐队“塞壬”的贝斯手。(21)

椿本莱娜　　旅行者。(25)

(括号内是以上人物在一九八九年八月时的实际年龄)

天羽辰也	“黑猫馆”原馆主，原 H 大学副教授，生死不明。
理沙子	天羽辰也的女儿，生死不明。
神代舜之介	天羽辰也的朋友，原 T 大学教授。（70）
橘照子	天羽辰也过去的同事，H 大学教授。（63）
江南孝明	稀谭社的编辑。（25）
鹿谷门实	推理作家。（41）

（括号内是以上人物在一九九〇年六月时的实际年龄）

黑猫馆平面图

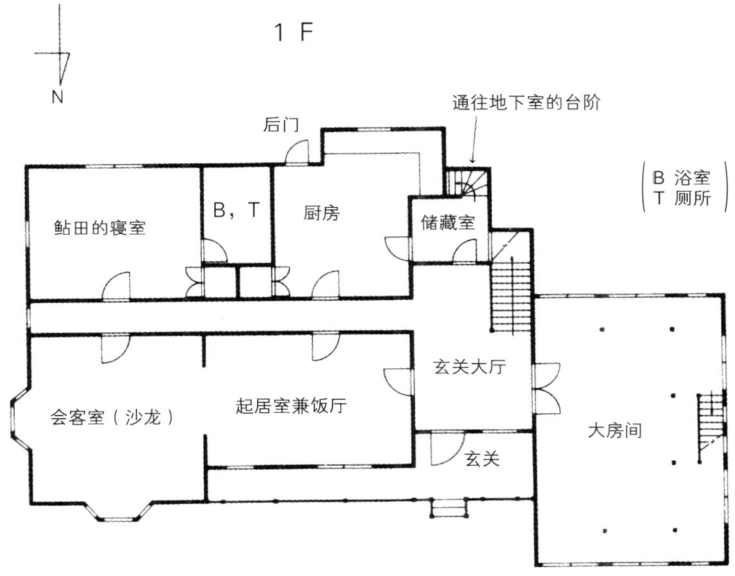

1 F
N
后门
通往地下室的台阶
B 浴室
T 厕所
鲇田的寝室
B，T
厨房
储藏室
玄关大厅
会客室（沙龙）
起居室兼饭厅
玄关
大房间

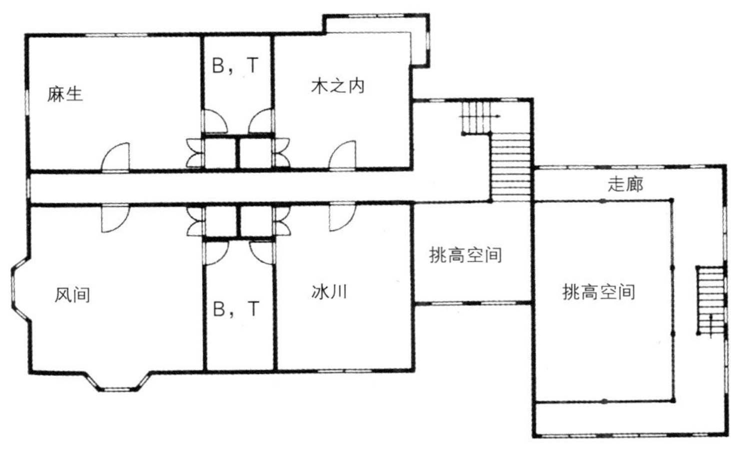

2 F
麻生
B，T
木之内
走廊
风间
B，T
冰川
挑高空间
挑高空间

序　章
一九九〇年七月八日（星期日）
北海道阿寒地区

三人站在门前，仿佛早就在等候这一瞬间似的，大雾从他们身后广阔的云杉林间飘散过来。江南孝明搓了搓露在短袖衬衫外的胳膊，转过身来。

前方几米远处，停放着的三人乘坐的小汽车，似乎堵住了狭窄林间小路的一大半，灰色的车身早已融入白茫茫的大雾里。

“好大的雾啊。”

站在江南前方几步远，身穿浅绿色防寒夹克的高个儿男人嘟囔着。

“哎呀，我感觉这大雾好像是从钏路追过来的。”

说话的是推理作家鹿谷门实。他仍是一副瘦骨嶙峋的模样，身体显得又细又长。他一边摸着自己稍显卷曲的柔软头发，一边摘下黑色墨镜，看向站在一旁的男人。

“怎么样，鲇田先生？想起什么来了吗？”

“这个嘛……”

男人歪着脖子，抬头看着眼前的大门，闭着嘴巴支吾了一会儿，终于开口了：“我觉得很眼熟。”

他的声音听上去没什么底气。

他叫鲇田冬马。身体单薄瘦弱，还有点儿驼背，所以显得非常老。年纪不过六十左右，但行为举止已经显得老态龙钟了。秃头上戴着顶无檐的茶色帽子，左眼还罩着白色的眼罩。眼罩周围的皮肤，一直到脸颊、下巴处，有一大块烧伤的疤痕，令人不忍直视。

跟随着老人的视线，江南也望向大门。

门看上去很高。暗褐色的石制门柱竖立在那儿，就像是杂草丛中生长出的老树干。没见到门牌，似乎本来就没挂。青铜的格子门破旧不堪。两侧的青铜栅栏，将庭院和周围的树林分隔开来。

大雾悄无声息地穿过大门的格子间隙。刚才下车时，大门对面的建筑物还依稀可见，而现在，它们早已消失在白色的帷幕中了。

门的接口处缠绕着黑色的铁链，上面挂着锁头，看起来还蛮结实的。鹿谷走上前去，两只手抓住铜架晃了晃，大门纹丝不动。

“鹿谷，你看那边。”江南指了指大门的左边。“看！那里有便门。”

“欸？还真是呢。”

大门另一侧的便门处，里面挂了个构造简单的插销锁，只要将手伸进格子间隙就能很轻易地打开。应该说，他们还是比较幸运的吧。如果只是鹿谷和江南两个人的话，或许可以从门上爬过去，或者采用其他什么办法，但同行的鲇田老人可无法像他们那样行动自如。

“进去吧，江南君。”鹿谷打开门，回头看着二人说，“鲇田先生，来吧。”

挎着和夹克同样颜色的包，鹿谷率先穿过了狭窄的便门。

鲇田右手拄着茶色拐棍跟在后头。江南则走在最后边。

在白色大雾的笼罩下，三人轻手轻脚地往前走着。四周传来野鸟的叫声。已是七月初的正午时分，但气温还没有升高。江南冷得搓了搓胳膊，后悔将毛衣放在车里，没拿出来。

尽管视线受大雾所挡，无法看得真切，但宅子的前院似乎颇为宽敞，随处可见繁茂的绿树。树的大小、高度不尽相同，有不足一米的，也有三四米的。

“江南君，你看！”鹿谷靠近一棵树，看着枝叶说道，“这是冬青卫矛，好像很久没有修剪过了。但仔细看的话，会发现里面还留着修枝的痕迹。”

“修枝？”

“就是定期修剪树枝，使其维持一定的形态。那个就能证明。你看，那棵树是什么形状？”

“是……”江南盯着那棵树，支吾着。

他想起了那本“笔记”中的一段记述：过去，宅邸前院里栽种的树木被修剪成各种各样的动物形状。或许是被风中的雾气所惑，一眼望过去，竟然觉得那黑影的形状像一只大猫。当然，“黑猫馆”这个名字也对江南当时的心理产生了一定影响。

鹿谷抚摸着自己的尖下巴，踩着长及脚面的杂草，扭过身子。

鲇田老人站在他旁边，不停地扭头看向四周。至少在去年九月以前，他应该还是这里的管理员。丧失记忆的他正拼命地想在脑海中找回往日的一些片段。

或许是在大雾的干扰下，人失去了应有的感觉。横穿破败的前院，一直到建筑物前面的红砖小路，江南竟觉得有好几百米远。

“终于到了。”鹿谷感慨道，“这就是黑猫馆吗？”

脏污的暗灰色墙壁上排列着长方形的小窗。屋顶陡急，呈人字形。

乍看起来，这栋两层小楼并没有什么怪异之处，但因为位于北海道人迹罕至的森林中，这本身就足以让人觉得不可思议。而且，这栋小楼是二十年前，那个叫中村青司的人设计的；一想到去年夏天，就在这栋房子里发生了“笔记”中所记述的事件，江南还是觉得毛骨悚然。

“风向猫在什么地方呀？”鹿谷挺直身子，抬头看向屋顶。江南也效仿起他来，但是没有找到风向猫。

“在那里。”鲇田老人举起拄着拐棍的手说，“在那边，看见了吗？”

顺着他指的方向看过去，在建筑物正面的右侧边上——只有那边的屋顶是梯形的——在那里的最高处，有个浅灰色的影子。一般屋顶上的鸡状风向标，在这里却用其他动物取而代之了。尽管在浓雾中看得不是很真切，但那个风向标的确不像是鸡的形状。

“那个啊……”

鹿谷看着屋顶，双手在胸前交叉，一时间站定不动了。很快地，他歪了歪头，低声咕哝了几句，然后转过身来，对鲇田老人说道：“那我们就进去吧。”

“门可是锁着的。”

江南提醒着，鹿谷则耸了耸肩。

“那就想想办法呗。好不容易来了，总不能空手而回。”

“那是当然。”

一阵大风掠过，吹得庭院中的树木哗哗直响。弥漫的大雾终于散去，很快地，正午的阳光便普照在了地面上。

“好了，我们进去吧。”

鹿谷高声叫嚷着，朝着刚被太阳照到的黑猫馆的玄关走去。江南又瞥了一眼在屋顶上发出细响、不断改变方向的风向猫，和鲇田老人一起跟了进去。

第一章
鲇田冬马的笔记·其一

这是我为自己写的笔记。

这本笔记中记载的内容，目前我还不想让其他人看到。除非有什么特殊情况发生，否则，恐怕今后也是如此。

这本笔记准确而详尽地记录了距今一个月以前——即一九八九年八月一日至四日，在这个名为“黑猫馆”的建筑中发生的事件。

动笔之初，作为记录人，我鲇田冬马曾向自己郑重起誓，绝不在笔记中夹杂任何虚假描述。作为老宅的管理员，我会将自己的所见所闻如实地记录下来，这是执笔记录该笔记的首要目的。如果有些地方需要加上自己的想象或推测，我也会极其小心谨慎，尽量不使其被自己的成见或期望所左右。总之我会尽可能冷静、客观地，将那个事件的全过程记录下来。

需要反复强调的是，这是我为自己写的笔记。我只希望，能将那起可怕事件以“过去”的形式，永远封存在这本笔记中。

年纪大了，最近总感觉记忆力在明显减退，再过十年，现在记忆犹新的事情恐怕也会彻底淡忘吧。对十年后的我而言，这本笔记一定会是本有趣的读物。从这个意义上讲，它也算是我为未来的自己所写的一部小说吧（可以划归为侦探小说的范畴）——对，就是这样，我索性就抱着这样的态度写下去好了。

那么，该从哪里开始写呢？

我觉得还是按顺序来写比较好。为了能将自己一个月前的记忆巨细靡遗地记录下来，这或许是最好的方法了。

先从那帮人来到这栋老宅的前后写起……

1

我是一九八九年七月上旬接到联络的——确实是刚进七月份，我记得不是二号就是三号吧。

这栋老宅的现任馆主是埼玉县的某位不动产公司的社长。他将此馆作为别墅使用，不过土地与家具实际上是由本地的代理人足立秀秋来管理。电话通知我那一行人将要造访的消息的就是这位足立君。

下个月初，馆主的儿子将会来这里进行暑期旅行。他原本打算与朋友们在这边四处转转，于是便想顺路来父亲的别墅住上几天。足立告诉我备好房间，并在他们逗留期间照顾好几个人的饮食起居。

老实说，对于我来说这并不是一个好消息。我原本就不太喜欢与人打交道，近几年就更是如此了。当时，我内心的真实想法是，希望这帮闹哄哄的年轻人不要过来。

可我毕竟只是一介用人，无权拒绝他们的要求，只好立即应承下来。

在我受雇成为管理员起的六年里，这座老宅还从来没有真正地作为“别墅”使用过，光这一点就让人匪夷所思。这些暂且不说，还是尽力接待好这些年轻人吧。不知道社长的儿子为人如何，如果他是个挥金如土、品格低下的浪荡公子，我就必须竭力服侍好他，不然可就麻烦了。一旦他回去后对父亲说“把那个臭老头开了”，那我就惨了，甚至还会连累足立君。六年前，多亏了他从中斡旋，我才得以成为这里的管理员。我对他可是感恩戴德的。

平时几乎没有人造访这座老宅。

足立君偶尔会过来看看，除此之外，可以说就没有任何人来过了。毕竟是位于森林深处的老宅，周围也没有什么人家，只要不主动联络，怕是连推销员也不会专程跑来的。然而，这样的环境对于我这种隐居者来说却是再好不过的了。

住在埼玉的馆主只是因为工作关系来过一次（已经是四年前的事情了）。这里虽然叫作别墅，却只是有名无实罢了。常常听说最近地价直线攀高，莫非他是觉得在这样偏僻的地方拥有这样一栋老宅也很有投资价值？或者说，这只是他一时心血来潮才购置的？对于他的动机我很感兴趣，可毕竟不太好问。

我最终还是很愉快地（虽然是表面上的）接受了这个任务，电话那边的足立君似乎还有点不放心。“恐怕会很累，但也就那么几天，忍一下就过去了。一旦定下具体时间，我会立刻通知你的……”

听说他们总共有四个人。房间和床铺绰绰有余，但卫生却是个大问题。我已经很长时间没有打扫了。

如果将其解释为自己的体力陡然下降的话，那大概只是懦弱者的借口吧。一切都是由于我这个管理员的失职造成的，无论别人怎样指责都无可厚非。我也常常希望让老宅保持良好的环境，一尘不染。但对于我这个六十岁的老者来说，打扫如此大的宅邸，确实有些力不从心了。

于是，在接到通知后的一段时间里，我每天忙碌着整理房间，还要做好各项准备工作。不出所料，这些工作还是相当繁重的。

二楼的四个房间是作为客房使用的，每个房间都是又脏又潮，凌乱不堪，光是简单打扫一下就已经令我筋疲力尽了。两个房间共用的厕所和浴室，也有不少需要维修的地方。

这栋洋房建成快二十年了，一直放着不管，现在也该出状况了。

七月下旬，社长的儿子直接打电话来了。

他预计七月二十四日从东京出发（他现在还是M大学商学部的学生，离家后独自在东京生活），先去别的地方转转，三十一号到达这边。他说，一行人当晚会在镇上的旅店住下，希望我能在第二天——八月一日下午去接他们。

仅凭一通电话就对别人下结论，似乎有点主观臆断，但在交谈中发现，他似乎就是我想象中的那种头脑简单的青年——住高级公寓，开最新型跑车，随心所欲地跟家里边要钱，不在乎学业，整天游手好闲——我如此老套地想象着。一想到同行的其他三人大概也是差不多的德行，我的心情就变得更加忧郁了。

为什么非要到这种穷乡僻壤来不可？适合他们玩的地方应该有得是……

至今我还记得，自己当时一边想象一边唉声叹气的模样。

2

八月一日，星期二。

昨晚接到电话，让我今天下午三点半去酒店接他们。从这里到市区有一个半小时以上的车程。为了富余一些时间，下午一点半时，我已收拾妥当离开了老宅。那天难得有雾，我不得不谨慎地开车。雾气朦胧，那些早已司空见惯的风景也失去了真实感，让人觉得像是要迷失在童话中的异国他乡似的。从港口传来轮船的汽笛声，我不由得想起往昔岁月——那时我还年轻，初来乍到。

我于三点二十分抵达酒店。小巧、雅致的大厅里没几个人，我也没发现他们四个人的身影。

我坐在沙发上，翻开大厅里放的报纸。刚抽了一会儿烟，就听到耳边传来沉稳的男中音。

“您是鲇田先生吗？”

这和电话里听到的馆主儿子的声音截然不同。

我抬起头，发现面前站着一位长脸的高个青年，戴着金丝边眼镜，茶色的卷发留得稍有些长。

“果然是您呀！”看看我的表情，青年文静地笑了笑。“初次见面。我是裕己——风间裕己的表哥，冰川隼人。您特地大老远赶来接我们，真是太感谢了。”

“不，没什么。”没想到对方的举止如此彬彬有礼，我竟有点不知所措起来。“其他人呢？”

“在那边的休息室，马上就过来。”说完，青年——冰川隼人用中指摁住笔直的鼻梁，轻轻地吸了下鼻涕。“鲇田先生，您一直住在这里吗？”

“这六年来是的。”说完，我从沙发上站起身来。

“那您以前住在什么地方啊？”

“到处混日子呗。也曾在东京住过，但那已经是几十年前的事了。”

“虽然是第一次来，但我觉得这里不错。”冰川眯缝着眼睛，看着大玻璃窗外的景色。“我觉得这里的景色太壮观了。这个说法是不是有点老套？总之是超出我的想象。”

“你能这么想真是太好了。”我又吸了口烟，便将烟头丢进烟灰缸。“你觉得这个酒店怎么样？”

“不是很大，但很舒适。从今天晚上起，可就要麻烦您了。”

“我的接待可比不上酒店哪。”

“不用在意。只要有安静的房间和热乎乎的咖啡就好了，至少我会很满意的。”

“安静，这是绝对可以保证的。森林之中仅此一家。”

“我听说了。”

“那里位于森林深处，周围真的什么都没有。只要你们不觉得失望就好。”

“那三个家伙恐怕要愁眉苦脸了。”说完，冰川耸耸肩。“这个想法是我提出来的。我说既然来了，无论如何也想去看看那栋别墅。听说，那栋别墅的现任馆主是我舅舅——也就是裕己的爸爸。”

“原来是这样啊。”我重新打量了他一下。“你对那老宅有什么特别的兴趣吗？”

“就我个人而言，有那么一点点。”

“什么兴趣？”

“这个嘛……”

冰川正要作答，大厅里传来耳熟的尖叫声。

“哎呀，来了来了。”

浪荡公子终于露面了。

“你好。”

一个穿着华丽红色上衣的年轻人扬着手走了过来。烫成波浪卷的头发披散到肩部，绿帽子戴在脑后。他这个样子，从远处看还以为是个女的呢。

“我叫风间。辛苦了。”他呼出的气息中带着酒味。看起来，这帮人中午就喝了不少啤酒。

我默默地点点头。风间裕已将两手深深地插入裤子口袋里。

“后面还有两个人。”他扬了扬下巴。

“我来给您介绍一下。”冰川隼人在一旁插话。

他依次指着风间身后的两人说道：“那是麻生，另外一个叫木之内。”

“请、请多关照。”

那个叫麻生的人结结巴巴地打了个招呼，略行一礼。他的全名叫麻生谦二郎，是个比我还矮的小个子男人。让人觉得脸盘儿很大，很普通的发型，剪得短短的，颧骨凸出，双眼皮下的大眼睛东张西望，让人联想到蜥蜴之类的胆小的爬行动物。

那个叫木之内（全名叫木之内晋）的年轻人和风间一样，留着披肩长发，戴着圆镜片的墨镜，像是个盲人按摩师。他个头很高，体格看上去也挺健壮的，嘴巴微微噘着，看上去有点歪。他摸了摸三角尺似的宽下巴，算是打过招呼了。

“你们都是M大学的学生吗？”我问道。

“不是的。”冰川微微一笑，张开胳膊，仿佛在说：根本就不是！

“大家的学校各不相同。今年春天，我已经进入T大学的研究生院了。”

“是吗？研究生院？”

“隼人是我们当中唯一的秀才。他大脑的构造似乎与我们不一样。”风间拿他开玩笑。“剩下的都是些三流私立大学的后进分子。”

“我们曾经组建过一个摇滚乐队，今年六月份的时候解散了。”冰川继续向我说明。

“乐队？你们是音乐上的伙伴吗？”

“是的。裕己他们三个人好像是在舞台上认识的。有一次，他们的钢琴手缺席，临时拉我顶替，就这样……”

对于摇滚我一窍不通，如果是古典乐或是以前的乡村音乐，我还能说出一二。至于其他门类的音乐，包括日本的歌谣曲在内，我连听都没认真听过，更不用说什么摇滚了。充其量，我也就知道一诸如“猫王”、“披头士”之类的名字罢了。

我再度打量着眼前的四个人。听完冰川的介绍，再看看风间裕己和木之内晋的嬉皮士装束，还真觉得像是那么回事。

也许当时，我这个老用人手足无措的样子很滑稽，风间抿着嘴偷笑。紧接着，他伸出右手，冲着我立起食指和小拇指，叫了一声“Yes”。我实在搞不明白那是什么意思。

“总之，这是我们乐队解散的纪念旅行。虽然只有四个大老爷们儿，显得有些冷清。好了，这两三天就拜托你了。”

3

我接上这四个人，开着车行驶在薄雾弥漫的街道上。这是辆丰田面包车，挤一挤的话甚至可以坐七个人。

“这里的街道真漂亮，我太喜欢了。”冰川隼人坐在副驾驶座上，一边随意地看着窗外的景色，一边跟手握方向盘的我聊了起来，“我生在东京，长在东京，只有像这样离开那二十三区之后，才切身感受到东京的街道太异常了。如果从城市化的角度去考虑，东京简直是个迷宫般的怪物。”

后面座位上的三个人闹哄哄的，一会儿隔着玻璃窗指指点点，一会儿大声念起道路标识和店家招牌上的文字。又不是小学生的郊游——我不禁暗暗骂道。

虽然我也知道，过早下结论是错误的，但依然能够感觉到，在这四个人当中，只有坐在旁边的这位青年能和自己谈得来。

“昨天去哪儿玩了？”我问冰川。

“我一个人去了那个有名的监狱遗址。”他说着，轻轻吸了下鼻子。“以前，我也去过网走监狱，但风格完全不同。当然，将两者放在一起比较，似乎有点不合常理。”

“不，说不定是个很有意思的比较。他们三个没跟你一起去吗？”

“没有。他们说要在市内逛逛，想勾搭女孩子。”冰川耸了耸肩，吐了下舌头说，“但他们好像一无所获。”

“哈哈——介意这里的方言吗？”

“是的。刚来的时候快被折腾死了。”

“现在习惯点了？”

“凑合吧。”冰川又吸了一下鼻子。他掏出烟盒，想了想，又放回口袋里了。

“感冒了？”

“没有。”他摇摇头说，“还好，主要是气温的原因。”

“这里呀，即使在夏天，早晚的气温还是很低的。”

“与东京酷热的夜晚相比，这里就是我的天国。我最讨厌出汗了。”

“听说，今年东京特别热。”

“好像年年如此。要是没有空调，我一个晚上就融化了。”

车子离开市区道路，行驶在茫茫森林中的一条小路上。大雾已经消散，周围的暮色深了几分。

走了近一个小时，不知是无聊还是困乏，后排三个人的对话明显变少了。透过后视镜一看，麻生谦二郎正软绵绵地靠在窗户上，闭着眼睛。木之内则戴着耳机，不停地抖动肩膀，耳机中透出的音乐声依稀可闻。

“还真是大山深处呀。”风间似乎有些不快。他捅捅我的椅背问道：“大叔，还有多远啊？”

“已经走了一半了。”

“才走了一半？”发完牢骚，他伸个大懒腰。“就算到了，如果是个连电都不通的山间小屋的话，那可就惨了。”

“别担心，那儿连空调都有。”

传来打火机的声响，随即，带着一股甜味的烟雾便被肆无忌惮地吹了过来。风间懊丧地咂着舌头。

“大叔！”他又捅了捅我的椅背问道，“这附近有没有便利店呀？”

“便利店？”

“这里没有卖烟的地方吗？我忘了多买些带上了。”

“哎呀，这附近没有。除非掉头回去再开个半小时。光是香烟的话，反正我那里有存货，分一点给你们好了。”

“有酒吗？”

“准备了。”

不久后，车子便驶上了通往老宅的小路。那是条土路，路况不好，两边都是黑黢黢的森林，更是连一盏路灯都没有。车子缓缓地行进在越来越浓重的暮色里。

“冰川君，”坐在副驾驶座上的青年仍在不时地抽鼻涕，我趁机提出了心中的疑问，“刚才你在酒店的大厅里说，对这个老宅有点个人兴趣，那到底是怎么回事？”

冰川“啊”了一声，瞥了我一眼，掏出刚才那只香烟，叼在嘴边。

“天羽辰也。”他嘴里突然冒出个人名。

“天羽……”我偷偷观察他的表情，只见他坦然自若地吸了一口烟。

“我在理学部学习形态学，这是生物学的一个分支，因此才有机会听到天羽辰也博士的大名。”

“哦哦。”

“您知道天羽博士吗？”

“只听过名字。”

“他是毕业于T大学理学部的生物学者，曾经发表过好几篇有独到见解的学术论文。他的学说预见到了最近很流行的‘新科技’，虽然从未得到学术界的认可，但仍有一部分人很欣赏他，认为他的众多科学尝试都是诺贝尔奖级别的研究。我就是这部分人中的一员。”

“听说他在札幌当过大学老师。”

“据说是H大学的副教授，后来出了些变故，他才辞掉大学的工作，从学术界消失了。再后来，就没有人知道他的消息了。”冰川停顿了一下，又悠悠地吸了一口烟。“当我听说那是天羽博士二十年前修建的别墅时，就抑制不住要来看看的冲动了。”

“原来是这么一回事呀。”

正如冰川所言，大约在二十年前，也就是一九七〇年，那个被称作怪才的学者天羽辰也修建了那幢老宅。完工后，他几乎每年都会过来，在别墅里度过一段夏日时光。后来，他将老宅转卖他人，几经转手后落入风间名下。老宅大厅的书架上，至今还保存着许多他的藏书。

听我这么一说，冰川镜片后那细长而清秀的眼睛里透出喜色，不停地眨巴着。

“真想看看啊。这次的长途跋涉总算没有白费。”

已经过了下午五点半。当车子行驶在暮色更加浓重的森林中时，冰川又开口说了起来：“它是叫‘黑猫馆’，对吧？”

“你知道得不少嘛。”

“听裕己说的。那个名称有什么由来吗？”

“就是那个。”说着，我冲着前车窗，扬了扬下颚。

“欸？”

“那就是黑猫馆。”

前方出现了白色的小光点。那是我临出门时，预先点亮的门灯。在青铜大门对面，大小树丛散布的院子深处，黑色的建筑物也依稀可见了。

“好像有几种说法。”我边打方向盘，边向冰川解释起来，“有人说那建筑的轮廓就像一只蹲着的猫，也有人说那个庭院里的一些树丛外观酷似猫。对了，那些树丛已经好久没有修剪了，早就面目全非了。”

“刚完工的时候就叫‘黑猫馆’？”

“我也听说从一开始，刚才你提到过的那个天羽博士就是这么称呼它的。”

“天羽博士喜欢猫吗？”

“不清楚。听说他曾养过黑猫，当然这只是传闻。”

我将面包车停在门前，然后下了车，从大门右边的便门走了进去，从里面打开门闩。黑暗中，前车灯很刺眼，我不禁将手遮在额头上，快步跑回车内。

“在那边。”车子行驶在横穿前院的红砖小道上，我冲着前方扬扬下颚道，“在那屋顶的一角——东边——有个怪异的东西。现在天黑了，看不见了。”

“怪异的东西？”冰川弓着背，凝视着黑暗中的洋馆。

“那个东西叫‘风向猫’。”

“那是什么？”

“为了代替风向鸡，人们用马口铁做成个猫的形状，放在那里。那东西也被涂得黑乎乎的。”

“哈哈，所以说……”

“是的，也许那就是‘黑猫馆’这一名称的由来吧。”

“黑猫馆里现在还有猫吗？”冰川将双手垫在脑后，靠在座位上。

“你喜欢猫吗？”

我的话音刚落，他就一本正经地回答：“我可是养了三只猫呢。”

我有点高兴，咧开嘴笑了，说：“我来这儿以后，也领养了一只公猫，名字叫卡罗。”

“卡罗？”

“在尼泊尔语中是‘黑色’的意思，到家后让你看看。”

4

“哎呀！相当不错嘛！”

一走进玄关大厅，风间裕己就嚷了起来。他扔掉行李，手扶着帽檐，在房间里四下巡视。

大厅有两层高，墙壁是黑色的，地面则铺满了绘有红白相间的市松花纹的黑色瓷砖。洋馆内的所有房间装修风格，都基本上与这里一模一样。

“我们的房间在几楼？二楼吗？”

“我来带路吧。”我领着四人，朝大厅右首深处的楼梯走去。

“这边走。”

楼梯走到中途时，猛地成直角回转，通往二楼。呈东西向延伸的宽敞走廊，两侧各有两道黑门，那就是供客人们使用的房间了。

“每个房间的结构基本相同，这一侧是朝北的。”我指了指左侧的房门，并示意右侧的房间是朝南的。“两个房间共用一套厕所和浴室，可以从各自的房间进去。沐浴设备随时都可以用……”

在这里，我来顺便介绍一下一楼房间的配置（参看开篇的“黑猫馆平面图”）。

从玄关大厅起，沿左首方向——朝东延伸的走廊上，有四间和二楼的客房位置基本相同的屋子。北侧靠外的是起居室兼饭厅，靠里的则是与其相通的会客室，我称它为“沙龙”。南侧靠外的是厨房和食品储藏室，靠里的则是我的寝室。

一楼还有间屋子，这就是位于玄关大厅西侧、相当于两层高的大厅。下午在车里，和冰川谈到的天羽辰也博士的藏书就放在那儿的书架上。

约好了八点吃晚饭后，我就丢下他们四个人，下了楼直奔厨房。

八点前，我必须做好包括自己在内的五个人的饭菜。这对于不擅烹饪的我而言，还真不是件容易事。

5

“这是什么肉啊？有点腥……”

风间皱着鼻子，朝我这边看过来。

“欸？你不知道啊，裕己。”

坐在风间对面的木之内晋举起戳着肉的叉子说道。即使是在吃饭时，他也没有摘下那副墨镜。是不是眼睛有点毛病？不过看他的样子也不像啊。

“既然这里叫黑猫馆，那这一定是猫肉吧。”

他像是在开玩笑，说着自己先笑了起来。木之内旁边的麻生谦二郎嘴里含着食物哼哼着，风间则很败兴地耸耸肩。

“是小羊羔肉。不合口味吗？”

我这样说着，风间却没回应，只是喊着：“再拿点葡萄酒来。”

冰川之外的三个人似乎都好酒，当时已经有两瓶酒见底了。

接下来的时间，那帮年轻人的交谈方式一成不变，翻来覆去。只要风间说个什么，木之内就会接过话茬，开个无聊的玩笑，麻生会低声窃笑，冰川则装聋作哑。

虽说不久以前他们还是同一个乐队的成员，但那到底是个什么样的团体？他们的关系又是靠什么样的友情（如果可以这么说的话）维系着呢？真的很难想象。我生活的年代和环境跟他们的相差太大，虽然我看不惯他们，不过自己年轻的时候，说不定也同样让上一辈人头疼。

吃完饭，他们四人去了隔壁的沙龙。当时是晚上九点半。

“鲇田先生，你也过来待一会儿吧？”

冰川冲着刚刚收拾好桌子的我招了招手。他独自坐在北侧窗边的摇椅上，喝着咖啡。其他三人则坐在中间的沙发上，为他们准备的苏格兰威士忌已经被喝掉一半了。

“卡罗在哪儿呀？”

冰川取来酒杯和酒瓶，一边做着兑水威士忌一边问道。

“这么说来，我回来后还没看到它呢。”

沙发那边，三个醉鬼大声喧哗着。墙角电视机发出的声响也混杂其中，整个屋子越发显得闹哄哄的。麻生拿着遥控器，身子前倾，盯着电视画面，或许都是些不熟悉的节目吧，他一脸无聊地来回切换着频道。

“很少有这么多人来，它可能吓得躲起来了。不管怎么说，这里一下子来四个人，还是我管理这间宅子后的头一遭——哎呀，谢谢你。”

我接过冰川递过来的酒杯，抿了一口。我已经很长时间没有喝酒了。

“内部装潢有点奇特呢。”冰川大致看了一圈后说，“黝黑的墙壁配上红白相间的地面，二楼好像也都是这样。整个宅子的布置如此统一，这可不多见啊。”

“是呀，你说得没错。”

“窗户也全部固定死了。”

冰川面朝窗户，抬起右臂。窗帘还没有拉起来。他把食指放到镶嵌在黑窗框的厚玻璃上，从上至下，画了条直线。

“而且，所有的窗户都上了色，白天的时候会给人一种奇妙的感觉。”

“习惯就好了。”

“是天羽博士的个人爱好，或者是有什么特别的意思吗？”

“这个嘛……”我歪头盯着红玻璃上的那条直线。“我不太了解天羽先生的爱好，倒是听说过一些有关设计这个老宅的建筑师的传闻。”

“建筑师？”

“是的，名字叫中村青司。”

“中村……我好像在哪儿听过这个名字。”

“是吗？”

也许是真的听说过吧，冰川摸着下巴，陷入沉思。

我接着说下去：“他是个怪人，住在九州的一个岛上，以稀奇古怪的建筑风格闻名。”

“啊——对了，对了，他是不是设计过一个叫‘迷宫馆’的房子？”

“那我就不知道了。”我又歪了歪头。“他可是个固执的男人啊，固执得有点变态。如果没有发现满足自己口味的主题，他是不会接受任何工作的。而且，该怎么说呢，他有点孩子气，喜欢设置一些机关。”

“机关？”

“就是秘密通道、隐蔽的房间之类的东西。”

“这样啊。”冰川兴致勃勃地双手交叉。“这间宅子里，有没有那样的机关呀？”

我正要回答，沙发那边传来一声大叫：“我受不了啦！”

是风间。他倒上满满一杯威士忌，一饮而尽，然后又大叫着“我受不了啦”，将酒杯重重地放在桌子上。

“丽子那个婊子……去死好了……那种女人……”他怨气冲天地骂着。

木之内在旁边说着“算了算了”，抬起眼镜，擦了擦鼻子上渗出的汗。

“真热呀。”他卷起袖管，站起来，冲着这边喊道，“大叔，能不能调一下空调的温度呀？”

调好温度后，我又回到了冰川身边。

“风间少爷，是不是失恋了啊？”我故意称他为“少爷”，颇具讽刺意味。

“失恋？”冰川舔了舔杯中的酒，苦笑着说，“也可以这么说吧。最近他只要一喝醉就是那个德行。”

他夸张地耸耸肩，压低声音说：“虽然这样说我表弟太过无情，但我觉得失去理性的人是最丑陋的。”

他的批评相当严厉。从这些话里，也能感觉出他的自信——不管是失恋还是醉酒，他都不会失去理性的。

“他不是在喊‘丽子’吗？那个女的是我们乐队的主唱。”

“是这样啊。”

“她歌唱得不错，人也长得蛮漂亮的，就是太轻浮了。”

“轻浮？”

“说得难听点儿，就是和所有的男人睡觉——好像是这样的。”

“原来如此……”

“因此，不光是裕己，其他家伙也挺迷恋她的。”说完，冰川又夸张地耸了耸肩。

我胡思乱想起来：别看他动作夸张、若无其事地评论别人的事情，他自己说不定也是一丘之貉呢。

“其实，六月份的时候乐队之所以解散，也是被她害的。”往酒杯里加了些冰块后，他继续说道，“唱片公司诱惑她，希望她去另一支乐队。于是她就抛弃了大家，还和裕己分手了。没有主唱，乐队也就无法继续下去了，只好解散……”

“那可太扫兴了。”

“本来，裕己和木之内都想把乐队搞成专业级的，出了这样的事，他们最难过了。这次旅行实际上就是为了散散心。”

后来我才知道，在乐队中，风间是吉他手，木之内是鼓手。麻生既能当贝斯手，又可以弹吉他，但听冰川讲，在所有成员中，他的乐感最差，说得严厉点的话就是个累赘。

“你呢？你不打算靠音乐谋生吗？”我问道。

“不，我根本没有这种想法。”冰川扶了扶眼镜的金丝边，微笑着说，“即使丽子不走，我也打算在进入研究生院后就离开乐队了。我想出国留学。如果可能的话，我打算年内就去美国。”

“明白了。你想在学业上有所造诣。”我点点头，将剩下的酒喝完。“对了，你们明天干什么？有没有安排？”

“倒也没什么安排。”冰川抽了一下鼻涕，摇头说，“天羽博士的藏书在哪儿？”

“在那边，玄关大厅对面的大房间里。”

“那明天让我看看吧，现在，我先去跟他们三个待一会儿。”

年轻人的宴会依然继续着。我又从储藏室拿了瓶酒给他们送了过去，然后便离开了沙龙。就在那时，我听到了一句话。

“……前些日子买的，还有哦。”风间裕己冲着木之内或是麻生嚷嚷着，“过一会儿，把L拿过来。我不是和你们说过了吗？没事的！这里只有我们几个人。”

当时，我并不明白他说的是什么意思。即便明白了，我也不会多管闲事的，最多也就叹叹气——随他们折腾吧，只要不把警察招来就行了。对于他们的所作所为，我肯定不会责怪的。

我回到房间时，已经是晚上十一点多了。

黑猫卡罗在我的床上缩成一团。大概是因为今天的客人太多，它受惊了……看来我刚才的推测是对的。我抚摸它的脊背，卡罗顿时抖了下它那黝黑的身躯，一反常态，撒娇似的叫了一声。

也许好久没有喝酒了，胃有点涨，不舒服。为了让自己好受一些，我朝左侧过身子，尽量不去听沙龙里传出的年轻人的叫喊声，缓缓闭上了眼睛。

第二章
一九九〇年六月·东京

1

一九九〇年六月二十五日，星期一。

那天，在先跟一个客户在公司以外进行了一番商谈之后，江南孝明到达社里的时间已经是下午一点多了。他在一家名为稀谭社的出版社工作，其总部大楼位于东京文京区音羽。

江南今年二十五岁。去年春天，他研究生毕业后，便进入了稀谭社工作。

最初，他被分配到《CHAOS》月刊编辑部，但不久后，在杂志社组织的一次“特别节目”的取材过程中，他被卷入一起意想不到的事件中。那是去年夏天，发生在镰仓“钟表馆”中的令世间哗然的大规模凶杀案。九人采访组中有八人遇害，江南自己也是身处险境，死里逃生。

之后不久，他就被调离了《CHAOS》编辑部。出版社高层觉得，江南在那起不幸事件中一定受到了很大的精神刺激，所以破例为他调换了岗位，将他分配到了文艺书籍出版部。这本来就是江南所中意的部门，没想到那起凶杀案竟然帮他提前得偿夙愿，真让人有点哭笑不得。江南并不是麻木不仁之人，没有因此而忘掉那段可怕的经历。一年来，每当江南回忆起那些发生在眼前的惨剧时，仍然觉得心惊肉跳。

在此暂不赘述那些往事。

那天，江南先是翻查桌子上的邮件。每天的邮件都会先经过邮件部分类，然后在上午送到各个部门，其中还夹杂着一些读者写给作家的信件。相关的信件和明信片会适时地送到各个作家手中。

在那天的邮件中，夹带着一封写给江南的私人信件。说是这么说，但信封上的收信人名字写的却不是他。

“稀谭社，书籍编辑部，鹿谷门实先生的责任编辑收。”

信封上是这么写的，看字迹会以为出自小孩子之手。

鹿谷门实是江南现在负责的一个推理小说家，同时也是江南的一位朋友。他原本是大分县某个寺院住持的孩子，三十过半了，既没有固定工作，也没有成家，终日四处晃荡。江南就是在鹿谷游荡时与他相识的，后来一个偶然的机会，稀谭社出版了他的处女作。那已经是前年——一九八八年九月的事情了。

从那以后，他总共发表了四部长篇小说。虽然每一部都是本格推理小说，但在这一类的书籍中，销量却罕见地好。有的编辑给鹿谷打气，说如果能加快创作速度，将篇幅控制在能以此为脚本制作出两小时左右剧集的长度，再将小说主人公刻画成一个不苟言笑、乘着火车在各地旅行的刑警的话，那么他很快就能成为一线作家了。但鹿谷本人对此却毫无兴趣，别说是赚钱了，就连作家这个职业，他似乎都不怎么热衷。他常常对江南说："老爷子一死，我就去继承寺院，不当作家了。"

他还戏谑似的说："一个寺院住持，副业竟然是写凶杀类的故事，真让人严肃到笑不起来。"

究竟他的哪句话是真，哪句是假，江南也搞不清楚……

鹿谷门实先生的责任编辑收——江南又看了一遍，确认无误后，拆开了信封。里面的内容或许是指正错误的，也可能是阐述自己观点的。

信封背面只写了寄信人的姓名——鲇田冬马，没有留地址。这名字蛮奇怪的。"冬马"这两个字让人觉得，对方是个上了年纪的男人，不过这字也写得太差了。这是新宿"Parkside"酒店的信封，说不定写信的时候，他就住在那里吧。里面的信纸也是该酒店的备用品，用蓝墨水写的字好像蚯蚓一般，歪七扭八得让人难以辨认。

前略：

之前拜读了鹿谷门实先生的大作——《迷宫馆事件》。当时，我正在东京的一家医院内静养，偶然在医院茶室的书架上看到的这本书，让我读得津津有味。

此次贸然打扰，实在抱歉，但我的确有个迫切的请求，才斗胆写了这封信。我遭遇了一件特殊的事情，想当面向鹿谷先生请教一些问题。我也知道，这种请求有点强人所难，提得过于仓促，不知贵方能否帮忙安排一下？

信寄到后，我还会打电话来的。具体事宜到时再相商。

特此拜托！

一九九〇年六月二十三日，星期六

鲇田冬马敬上

2

当天傍晚，这个叫鲇田冬马的人给编辑部打来了电话。当时，江南正在看校样，邻桌的U君叫了声“柯南君”。U君是个经验丰富的老编辑，直到去年，他一直担当鹿谷门实的责任编辑，就是他鼓励鹿谷创作了处女作——《迷宫馆事件》的。他很早就听说过江南，所以和鹿谷一样，把“江南”两个字叫成“柯南”来称呼他。

“柯南君，有你的电话，说是要找鹿谷先生的责任编辑。”

“谢谢。”

放下笔，江南接过电话。那一瞬间，他就下意识地感到这个电话一定是那个读者打来的。其实整个下午，他都在想着那封信的事。

江南觉得，那绝不仅仅是个读者求见作者的信件。信中那段“我遭遇了一件特殊的事情”的话让他思来想去，无法释然。不知为何，江南觉得心里有一股躁动的情绪，到底是什么事情呢？难道他只是为了引起我们的重视才那么写的吗？

“让您久等了，我是责编。”

“我是鲇田，给你们寄了一封信，不知收没收到？”

正如江南看到“冬马”那两个字时所想象的那样，电话中的声音沙哑无力，对方应该是个六十岁左右的老人。

“读过了。”江南回答道。

对方稍作停顿后说：“从哪儿说起呢……”

“您在信中说遭遇了一件特殊的事……”

“对，对，我想说的就是那件事情。”对方好像在电话另一端不住地点头。“突然写信求见作家，你们肯定觉得我是个麻烦的读者吧？我不知该怎么办才好，除此之外也想不出更好的办法来了。该怎么说呢……这个请求关系到我这个人存在的意义……”

“您能具体说一下吗？”

江南觉得对方绝不是一个妄想狂或痴呆症患者。他那平稳的语调，反倒给人一个睿智老人的印象。总之，有必要听他把话说完。

“你知道今年二月，在品川区发生的酒店火灾事故吗？”

“欸？啊，想起来了，当然知道。”

二月下旬，在JR品川站附近的酒店“Golden Japan”发生了大火灾。在那起惨剧中，酒店被完全烧毁，下榻的客人和酒店工作人员中有二十多人丧命。

“当时，我就住在那家酒店里，没来得及跑出去，受了重伤，眼看就要遇难之时被抢救了出来。”

“啊……”江南看着桌边的信件。“所以，后来您就住院了？”

“是的。由于烧伤和骨折，头部受到重击，我昏迷了很久。”

“那可真是……”江南不知说什么好。这的确是个“特殊的事件”，但又跟鹿谷门实有什么关系呢？

“我总算扛了过来，伤口也痊愈了，终于在上周得到了出院许可。”对方又停顿了一会儿后接着说，“但是，我失忆了。当我在医院中苏醒的时候，就发现自己想不起以前的事情了。”

“失忆？”江南大吃一惊地重复了一遍。话筒里传来一声叹息。

“好像是叫什么全失忆症吧。自己住在哪里，从事什么工作，一切的一切都想不起来了。”

“连自己的名字也忘了？”

“酒店的电脑、书本都被大火烧掉了，连我的衣服和行李也不例外。大火是半夜里烧起来的，我被救出来的时候只披了件浴衣，能证明自己身份的东西，几乎一件也没剩下。”

“那您是怎么知道自己叫鲇田的呢？”

“我手里只有一个算得上线索的东西。”

“线索？”

“一本手记，估计是我自己写的，那上面写着的名字是鲇田冬马。尽管如此，但怎么说呢，我一点儿也没觉得那就是自己的名字。治疗失忆症的医生也为我做过诊治，却没有任何效果……”

“原来如此。”

江南虽然点着头，但依然没有弄清这些事和鹿谷门实有什么关联。听完江南的质疑，对方在电话里长叹了一口气，似乎已经筋疲力尽了。

“我在《迷宫馆事件》一书中，看到了一个人名。”

“您接着说。”

“而同样的人名，也出现在了我的那本手记中。那个人就是迷宫馆的设计者，一个叫中村青司的建筑师。”

“中村青司？”江南的声音不自觉地提高了，手紧握着话筒问，“真有这么回事？”

“是的。至少在去年九月之前，我好像是在一栋叫作‘黑猫馆’的老宅里当管理员，而那个老宅也是中村青司设计的。”

正如江南通过信封和信纸所推测的那样，鲇田出院后，就一直住在新宿“Parkside”酒店中。发生火灾的那家酒店为他安排了那个住处，让他在弄清身世之前，暂时在那里安身。

江南答应设法让他和鹿谷见面后便挂了电话。他的手放在电话机上，久久地沉思起来，心情难以言表。

中村青司。

江南做梦也没想到会听到这个名字，说不定，自己看到信件时的那股躁动其实是一种预感。

建筑师中村青司早在五年前就死了。他在各地设计了许多风格怪异的建筑，而在那些建筑中又发生了许多悲惨的事件。例如角岛的“十角馆”，冈山的“水车馆”，丹后的“迷宫馆”等……对了，还有去年夏天，令江南所在的采访组惨遭不测的那栋“钟表馆”，这些建筑都是出自中村青司之手。

再也不想和中村设计的建筑发生联系了——这是江南的心声。但是，他也深知自己的脾性，一旦卷入到某个事件中，就绝不会躲闪、逃避，而是会不假思索地投身其中。

很快就要到晚上七点了。

此时，鹿谷门实恐怕为了赶稿件而正打算挑灯夜战吧？这次他为其他出版社写的一部全新的长篇小说，内容居然是发生在女子寄宿高中的连环凶杀案。上周四的时候江南还问过他进度的事，据说只剩不到一百张稿纸就能写完了。

不管怎样，安排鹿谷跟鲇田冬马见面的事，还是要等到他完成稿件后才行。鹿谷的写作速度不快，恐怕最早也要到本周末才能完稿。

一时间江南有些犹豫，不知该怎么做，最终还是决定先给鹿谷打个电话。其实，鹿谷门实对中村青司设计的建筑也抱有强烈的好奇心，说不定他能提前完稿。

江南的想法果然奏效。当晚，鹿谷就打破了自己写作稿纸数的记录。

3

鲇田给人的第一印象，是个丑陋的老人。

他身材中等，看上去很消瘦，头有点大，显得不太协调。秃顶，左半边脸黑了一大片，估计是火灾留下的烧伤痕迹。左眼上有白色的眼罩，估计也是为了遮住火灾造成的伤害吧。

“欢迎二位。”他的声音和电话里一样沙哑。“我就是鲇田，请进来吧。”

“Parkside”酒店位于新宿中央公园东侧高楼林立的街道上。下午三点半，江南二人按照约定的时间来到鲇田冬马所在的套房，出来迎接他们的老人笑得有点别扭。

“初次见面，我是鹿谷门实。”

鹿谷与人见面时都是这样打招呼的。他弯下细长的身躯，鞠躬致意，一副完全没有被老人的相貌吓着的样子。他指了指呆立在旁边的江南说：“这位是稀谭社的江南孝明。”

“真是不好意思啊，还劳烦你们特地跑一趟。请坐吧。”

等两人坐到沙发上后，老人放下右手握着的拐杖，将桌上的电话拖了过来。

“我叫他们送点饮料上来。”

今天是六月二十八日，星期四。

星期一晚上，接到江南电话的鹿谷熬了两个通宵，终于将书稿赶完，并于昨天下午，顺利地将磁盘交给了编辑。那之后一直到今天下午，他一口气睡了十五个小时。昨晚，他肯定像个奄奄一息的重症病人，但现在已经恢复了精力，容光焕发。

“我这个样子，一定吓着你们了吧？”鲇田冬马坐在他们对面，用右手摸摸黑乎乎的脸颊说道，“医生说继续治疗的话，烧伤留下的疤痕会小一些，但是我太想出院了……”

鹿谷盯着他的脸，点头应和着。

鲇田继续说下去："因为颅内出血动了几次手术，左眼留下了后遗症。医生说如果不当心的话，很有可能连话都说不了。"

"真是太让人难过了。"

听完鹿谷的话，老人紧锁的眉头上又平添了些许皱褶。他缓缓地摇了摇头，说道："让我感到难过的就是，自己居然一点儿也不觉得痛苦。"

"哈？此话怎讲？"

"因为我根本想不起来火灾现场的情景了，连自己以前的模样也不记得了。因此，怎么说呢，我并没有一种'失去'的感觉，更多的是一种听天由命的心境，怎么样都无所谓了……但是，与此同时我又觉得自己不能就这样不明不白地活下去，所以变得一天比一天焦急。"

鲇田拿起桌上的香烟，打着火，却只吸了一口就被呛得咳嗽起来。"对不起。"他将痰吐在纸巾上，随后又抽了一口烟，稍微闭了会儿眼。

"如你们所见，我已经不年轻了。"他又开口道，"我身体不好，估计活不了多久了。现在，我也没想活多久，但同样是死，如果连自己是谁都不知道的话，就这么死去，总是让人感到有点遗憾。"

"那是当然。"鹿谷的表情有点奇怪。他两肘抵在膝盖上，屈身向前问："真的什么都想不起来了？"

"对于自己的过去，确实是什么都想不起来了。至于语言、文字、生活常识等，倒是还记得。"

"医生怎么说？"

"说像我这样的情况很少见。可能是脑损伤造成的记忆受损，也可能是记忆再生方面出了问题；可能是外伤所致，也可能属于精神损伤。总之，不多花些时间是查不清病因的。"

“那你就要继续接受治疗喽？”

“先这样治疗着吧，不过我也没指望过能完全康复。”

“为什么？”

“我也说不清楚，或许是不太相信主治医生的缘故吧。”老人眯着右眼说道。

“警方没有调查一下你的身世吗？”

“算是调查了吧。他们查对了离家出走人员以及失踪人员的名单，还比对了我的指纹。”

“没有任何结果吗？”

“没有。听说他们还在继续查对有关资料……”

服务生将咖啡送了过来。鲇田冬马既没加糖也没加奶，慢悠悠地喝完一杯后，紧接着倒了第二杯。在此过程中，他一直注视着江南他们的表情。

“接下来，我就讲一下自己贸然想见鹿谷先生的原因吧。”

“我听江南君说过了。”鹿谷眯缝着眼睛。他的眼窝有些凹陷，眼皮朝下耷拉着。“江南君说，这件事同中村青司设计的建筑有关。”

鲇田默默地点头回应。他将视线移向旁边的空沙发，那里很随意地放着个本子。

“那就是你在电话中提到的手记？”鹿谷问道。鲇田又默默地点了点头，用右手拿起本子，放在膝盖上，漫不经心地翻起来。

“里面记录的是去年九月的事情。这个本子对我来说似乎挺重要的，听说当消防队员将我从大火中救出来的时候，我死死地抱着它倒在地上。逃离房间的时候，行李也好钱也好，我什么都没拿，唯独没有忘记带上这玩意儿。说不定火灾那天，我曾安然无恙地逃离了房间，却又为了取这个本子冲回了火场。”

“原来如此。”鹿谷直直地盯着他手上的本子，“听说，你是看见这个手记之后才知道自己叫鲇田冬马的……”

“是的。听说警方也曾比对过指纹，发现那上面只有我一个人的指纹。”

“里面的笔迹也是你的吗？”

“即便他们现在要比对笔迹，也没有任何意义。”

“为什么？”

“因为我是个左撇子……”

“那又有什么影响呢？”

“难道两位没有注意到吗？”说着，老人用右手指指左腕。“现在，我的左手残废了，即便想握笔也握不住。”

“这样啊……那也是火灾造成的吗？”

“不是的，我的左手好像在火灾之前就已经残废了。医生说，在我的大脑右侧有因脑溢血而动过手术的痕迹，估计这就是原因吧。”

“这么说来，去年，在那本手记完稿后，你就因脑溢血病倒过一次？”

“应该是吧——前几天，江南君收到我的信件时，是不是读起来很费劲？那是我用右手，费了九牛二虎之力才写出来的。”鲇田合上手记，喝了一口咖啡，重新打量着鹿谷。“我是偶然间看见鹿谷老师的……”

“对不起，打断一下，请不要叫我‘老师’，直接叫鹿谷就可以了。”

鲇田尴尬地笑了笑，鹿谷则挠了挠头。

“那么，鹿谷君，”老人换了一个叫法。“你听说过天羽辰也这个名字吗？”

“天羽？”

“天地的天，羽毛的羽。”

“别急，我先想想。”鹿谷歪着头，看了看江南说，“江南，你听过吗？”

“没听过。”

“你们都不知道吗？”鲇田叹了口气说，“等你们读完这篇手记就会明白了。以前，我是个管理员，负责看护一栋老宅。而那个老宅以前的主人好像就叫天羽辰也。”

“这样啊！你的意思是说，天羽辰也委托中村青司设计建造了那个老宅，好像叫黑猫馆，是吧？”

“手记中是这么写的。”

“是吗——那么这个天羽辰也到底是个什么人物呢？”

“好像是个学者吧，曾经在札幌H大学当副教授。”

“札幌吗？”

“本来，他是把黑猫馆作为别墅而修建的，后来又将其转卖给他人后，我才成了那里的管理员……真是的，与其听我唠叨，不如你们自己看看这本手记吧。”说完，鲇田将手记轻轻地放在桌子上。

鹿谷又提了个问题：“警方和医生知道这本手记吗？”

“在我昏迷不醒的时候，他们好像看过。因为当我苏醒时，他们都叫我鲇田冬马。”

“即便如此，他们也没有弄清楚你的身世？”

“是的。”老人用满是皱纹的双手捂住脸。“他们老是缠着我，问手记中的内容是否属实，当时弄得我莫名其妙。即便我读了一遍之后，也依然不明白。我越读越觉得里面的内容不真实，似乎那只是自己的创作。”

“创作？”

“说不定，那只是我用鲇田冬马这个第一人称创作的一部小说。听完我的意见后，警方和医生似乎也认同了。连我自己也一个劲儿地希望那是虚构的，毕竟那里面的内容，怎么说呢，实在太恐怖了。我希望那种事情从没发生过……”

“原来是这样。”

鹿谷抄起手，靠在沙发背上。

“可是等你看完我的小说后——你也知道，我的小说是以真实事件为素材的——就不得不否认自己的想法了。因为在我的小说里也出现了‘中村青司’这个人名。我的推测没错吧？”

“是的。”

“那么，鲇田先生，那本手记中到底记录了些什么啊？”

“这个……”老人话到嘴边，又咽了回去，用右手将桌子上的手记推到鹿谷面前。“不管怎样，你能不能先看一遍？等你看完之后，我想听听你的高见。手记写得比较长，你可以拿回去慢慢看。”

鹿谷默默地点了点头，拿起手记。那是大学里常见的厚笔记本，B5 纸大小，封皮上到处是焦黑的痕迹。

“手记里记录着去年八月一日到四日，发生在黑猫馆中的事件。”鲇田喝了口咖啡说道，“你们大致也能猜到吧？”

“难道是凶杀案？”鹿谷脱口而出。

“是的。”鲇田老人无力地垂下眼皮。

第三章
鲇田冬马的笔记·其二

6

八月二日，星期三

和往常一样，还没到早上八点，我便从睡梦中醒来。

不知道那帮年轻人昨晚折腾到几点。一夜过去了，清晨的老宅依然和平时一样宁静、祥和。

我睡得很香，将昨天的疲惫一扫而光。在厨房的餐桌前喝完一杯咖啡后，我朝沙龙室走去。

灯和空调都没关，房间里一片狼藉。空气中弥漫着烟味、酒味，呛得我差点儿咳出来。走廊上的门开着，窗帘也没拉上。外面的光线透过红、黄玻璃照射进来，将室内映衬得光怪陆离。

北面和东面墙上的窗户都被镶死了，上方有个小滑窗，可以用来换气。小窗的位置很高，快靠近天花板了，所以只能在下方拉绳子来控制。即使完全敞开，最多也只有十厘米的空隙，但作为换气窗已经绰绰有余了。我将桌子上散乱的酒杯和空酒瓶收拾好，把地拖了一遍。再看看垃圾桶，在纸屑、烟灰之中，还夹杂着两个碎玻璃杯——当时的情形就可想而知了。沙发上有他们落下的东西，是一台小型摄像机。我想起来了，昨天晚饭前，麻生谦二郎就是举着这个东西到处乱拍的。难道昨天在我休息后，他们又把这玩意儿拿出来，拍下了自己酒醉后的丑态？

我有了一点兴趣，并拿起摄像机。

那是八毫米摄像机。我在电视广告里看过几次，今天才算是看到了实物。它很轻，一只手就可以毫不费力地举起来。如果在十年前，谁都不会想到这么轻便的小玩意儿会如此普及。我不禁为近年来科技的突飞猛进而咋舌。

我拿好摄像机，正准备仔细看时，手指碰到了某个开关。一阵轻微的马达声后，放带子的仓盒打开了。我大吃一惊，连忙将它盖上，无意中看到带子上的标签：

塞壬　最后的爱　89年6月25日

标签上的字写得工工整整、中规中矩，乍一看还以为是打印上去的。这是麻生写的字吗？那家伙做起事来谨小慎微，倒也能写出这样的字来。

“最后的爱”，也就是说，他们六月份解散的乐队的名字或许叫“塞壬”。

塞壬是荷马史诗《奥德赛》中女妖的名字。关于她的形态说法不一，有人说她长着红翅膀，有着少女的脸庞；也有人说她是条美人鱼，能用歌声迷惑过路的航海者。也许，昨晚冰川提到的那个叫丽子的女歌手，就是这帮乐队成员的“塞壬”吧？

我将摄像机放回到桌上，坐在沙发上抽了支烟。

打开电视，里面正在播天气预报，说是有一股强低气压正缓慢靠近本地。今天天气依旧是以晴为主，但从明天下午开始，可能会出现较大的降雨过程。

年轻人们很晚才起床。

最先从二楼下来的是冰川隼人，已经快十一点了。他坐在沙龙室的沙发上，一边有滋有味地品着我给他泡好的黑咖啡，一边为昨晚的喧嚣向我道歉。

“那些家伙折腾得太晚了。”

“还好，我睡得还不错。”说完，我反过来问了他一句，“你呢？睡得早吗？”

“我十二点左右就回房间了，不过在床上看了一会儿书，结果今天早晨就起晚了。”

“感冒好点儿了吗？”

“差不多好了。”

“其他几位是不是还得再睡一会儿呀？饭菜要怎么准备？”

“是呀……”冰川看了看墙上的挂钟说，“那帮小子也都醒了，不如直接准备午饭吧。”

冰川说得果然没错。不一会儿，木之内晋就下楼来了，又过了一会儿，风间裕己也下来了。两个人的眼睛都肿肿的，走起路来晃晃悠悠，似乎昨晚的酒还没醒。他们脸色苍白，看起来并不像是睡眠不足，倒像是得了什么重病。

“二楼洗漱池的热水出不来。”风间一脸不悦地冲我说道，“水太凉了，这可怎么刷牙？”

这关我屁事——我在心里骂道，但表面上还是鞠躬道歉了。“对不起。回去后请代为转告，再多铺几条供水管吧。”我话中有话，带着些许嘲讽。

过了中午，麻生谦二郎还没有下楼来。饭菜准备好后，冰川站起身来说：“我去喊他下来。”

“算了算了，那家伙肯定……”风间拦住他说，“还晕乎着呢。他混着享受了那么多的 L 和叶子，还灌了不少酒。现在的他啊，就像是个飞到火星，又被扔到月球的人一样。”

“真受不了他。”

他们说话的时候，我正往杯子里倒果汁。冰川斜眼看了看我的表情，然后瞪着风间。

“做事要有分寸。你们那样胡来……”

“明白，明白，隼人老师。”在揶揄了冰川之后，风间向上拢了拢自己的长发。“不过昨晚，谦二郎那小子表现得还算不错啦，真服了他。”

“好像他家里出了不少事？”

“是的。他常独自嘟嘟囔囔的，说自己活着没有价值，还不如去死之类的。说完，还会趴在地上，用头撞地。”

“是吗？”

“最后都磕出血了。看到他那副样子，我可不敢继续与他交往了。”风间一脸苦相，冲对面的木之内晋说“是吧”，想以此来寻求他的认同。紧接着他又转向我说：“大叔，你觉得我说得对吗？哦，还有，今天把你的车借我用用吧，我想去城里转转，烟也刚好抽完了。”

“逛街吗？”估计他开起车来肯定很粗暴，我心里是一百个不情愿，但又不能拒绝，只好说，“当然……可以了。过会儿我告诉你行车路线吧。”

“没有地图吗？”

“仪表板上有。”

“那就不用告诉我了。”风间扫了木之内晋一眼，咧嘴笑道，“反正晋要和我一起去，他可以帮我指路。”

7

“哎呀！好漂亮的大厅啊！”冰川隼人扶着金边眼镜，在大房间里环视了一圈后说，“当年，天羽博士肯定很喜欢这里。”

下午两点多。玄关大厅西侧的大房间。风间和木之内驾车出门后，我应冰川的要求打开了这间屋子的大门。

要是铺榻榻米的话，这间屋子能铺二十多张。和其他房间一样，这里的地面也铺了红白相间的地砖，墙壁也涂成了黑色。正对入口的内里有一个狭窄的楼梯，一直通往二楼，与回廊相连，那个回廊延伸出去，从三面围绕着房间。回廊上有许多书架，里面摆放着天羽博士的藏书。

冰川径直走到楼梯前，掉转身看了看我，似乎想说什么，却把话吞了回去。

“那是什么？”他指着入口右侧的墙壁问，“那幅画有什么说法吗？”

一幅镶在银白色画框中的油画装饰在那儿。

在二十号大小的画布上，画着一个盘腿坐在藤条摇椅上的少女。

她穿着浅蓝色的罩衫以及牛仔背带裤，蓬松的茶色长发垂在胸前，头上戴着红色贝雷帽。

“这幅画以前就挂在这里。”

少女的大眼睛看着斜上方，白嫩的脸蛋儿上露出天真无邪的笑容。一只黑猫趴在她的膝盖上，眼睛眯成缝，显得很惬意。

“这好像是天羽博士自己画的。你看，这儿有他的签名。”

在画的右下角有签名，是用罗马字母写着的“AMO”。[①]

“真的！”冰川凑近确认之后，又回头问道，“博士喜欢画油画吗？”

“地下室的架子上还留着油画用具。”

“这里还有地下室？楼梯在什么地方呀？”

“在储藏室。”

“原来是这样，这么说来……”冰川欲言又止，再次抬起头看着油画。“黑猫和少女——这个少女说不定是博士的女儿。你听说过博士有女儿的事吗？”

“这……”我歪着脖子，移开视线。“你这么一讲，我倒觉得好像听过些什么。”

冰川从画像前离开，登上回廊，朝墙边的书架走去。我也搞不清那里有多少书，但粗略地扫一眼就知道，至少不下一千本。英文原版书占了半数以上，从生物学方面的专业书籍到大众文学，种类繁多。

回廊将墙壁分成上下两层，墙壁上有好几个长方形的窗户。那些窗户上都镶着彩色玻璃，上面画着“国王”、“王后”、“骑士”等图案。白天的时候，与沙龙室以及其他房间相比，这个房间显得更

① AMO 即为“天羽”的发音。

加色彩斑驳，光怪陆离。

冰川看了一会儿书架，然后抽出几本书，坐到了北面墙角的椅子上。在回廊的一端有个大书桌，这里过去也许就是博士的书房。

看着那个年轻人一本正经地看着书，我不由得微笑起来。

“要不要来杯咖啡？”

他摆了摆手答道：“不用了。我能抽支烟吗？”

“当然可以。烟灰缸在那边。”

我指指他椅子边的小茶几后便准备离开。但从刚才开始，有一件事我一直放心不下。

“冰川君。”我还是决定问问他。“刚才你表弟一直在说什么‘L’呀，‘叶子’呀，那到底是什么意思？”

冰川猛地抬起头。他避开我的视线，显得欲言又止。看着他这副神情，我心里断定自己的猜测肯定没错。“难道是毒品吗？你不用担心，我不会因为你们吸食毒品就找你们麻烦的。我既不是警察也不是老师，只不过是风间社长手下的一个房屋管理员罢了。我不会多嘴的。”

“对不起。”他有点不好意思地低下头。

我则回以微笑，略带几分自嘲地说：“真的是毒品吗？”

“是的，他们喜欢吸毒。他们在东京时就弄来那些东西了，并且沉迷其中，无法自拔。我也总是劝他们别吸了，但是没人听。”

“是什么毒品？”

“LSD[①] 和大麻。”

“‘L’和‘叶子’……原来如此。”

---

① LSD，一种由麦角酸合成的精神类药物。

“对毒品，我可是深恶痛绝的。”冰川抬起头，加重语气说，“我绝不能容忍一个人无法用理性来控制自己的行为。真不明白他们吸毒到底会有怎样的乐趣。”

“你好像挺喜欢用‘理性’这个词。”

“是的。”冰川微微一笑。“至少目前，我奉‘理性’为神明。”

“你不会做冒险的事吗？”

“我非常讨厌被那些陈规陋俗所羁绊，也从来没有全盘否定过所谓的犯罪行为，因此，我才没有一本正经地对那帮小子说教过呢。”

即使要去犯罪，也必须要在“理性”的控制之下——他想说的是这个意思吗？

“说得有道理。”

我点头表示认同，心情却不太好，便没有继续和他聊下云。

8

下午三点半。

我独自走出门外，一面在院子里散步，一面漫无边际地胡思乱想着。

院子里到处都是矮树丛。正如昨晚向冰川解释的那样，它们都曾被精心修剪成各种形状，有的像猫，有的像兔子，还有的像只鸟……然而现在，由于疏于照料，原来的形态早就看不出来了。

我将双手深深地插入裤子口袋，耸着肩膀（这几年，肩部明显地消瘦了），在矮树丛间穿行。今天晴空万里，天边偶有薄云飘逝，虽然天气预报说低气压正在逼近本地，但我丝毫没有感觉到什么变化。屋顶的风向猫被大风刮得哗哗作响，与森林里动物的叫声混杂在一起，令人顿感寂寥。

抽了几支烟，正准备回屋去的时候，看见玄关的一侧有个人影，我顿时停下了脚步。一瞬间，我感到那个人仿佛是飘浮在空中似的。我不由得擦了擦眼睛。原来是麻生谦二郎，他总算起床了。

看到我，他难为情地低下头，眼神恍惚，随后便慢腾腾地朝我走来。他问其他人去哪儿了，我便如实相告。听完，他深叹了一口气，无力地垂下肩膀，转身朝玄关走了回去。

“要吃点东西吗？”

他头也不回，只是晃了晃胖胖的脖子答道：“不想吃。”

“身体不舒服吗？”

“不，不是的，我没事。”但他的声音听起来无精打采的。

“那要不要来杯咖啡？”

“算了。哎——要不，来杯茶吧。”

“好的。红茶怎么样？”

“可以。”

“那待会儿我给你送到沙龙室去。”

当我将红茶端到沙龙室的时候，他穿着黑色上衣，在沙发上缩成一团。卡罗在房间的正中央，看见我进来，轻轻地“喵”了一声，蹭到我身边来。

“那个装八毫米带子的摄像机是你的吗？”我在他对面的沙发上坐下，指了指桌子上的摄像机。

麻生猛地抬起头，轻轻地答道：“是的。”

“一定拍了不少旅途风光吧？”

“嗯。”

“昨天，你也在这里摄像了？”

“没有。”

麻生用双手遮住茶杯中升腾的热气，摇摇头。

“我想看看以前你拍的带子。能在这个机子上直接看吗？”

“也可以接到电视机上。即便没有电视机，通过取景器看也行……”

“是吗？”我再次打量着那个只有手掌大小的摄像机。“如今真是个便利的时代啊。我一直闷在这里，与外面的世界已经疏远了许多。我觉得自己越来越落伍了。唉，就这样混下去吧……”

麻生将茶杯端到嘴边，手一直抖。他的脸色比风间、木之内刚起床时的还要差，窄额头的中央贴着一块小创可贴。也许那就是风间所说的，他头撞地时弄出的伤口吧。

我没有接着找话题，便抱起卡罗，正要离开时，麻生却突然抬起头，盯着我说：“管理员大叔！那个……你见过UFO吗？”

“什么？”我愣住了，再度看了看他那张黑脸。“你说的是UFO？”

“是的，UFO。U——F——O。听说，最近这里有越来越多的人看到UFO了。”

这番话把我搞得一头雾水。他究竟是从何处得到这些乱七八糟的消息的？至少我是没看到过UFO。

“对不起……”

没想到，他又换了一个问题：“那你见过那些狼吗？”

“狼？不是和日本狼一样，早就灭绝了吗？”

“根本不是那么回事，听说还有活下来的。”

“有些异想天开的人是这么说的，但是理论上应该没有了。就算有，恐怕也生活在人迹罕至的地方。”

“是吗？”听声音他好像蛮失望的，低下头。

“你对那些传闻感兴趣？”

“有点兴趣——对了，这个房子既然叫‘黑猫馆’，是不是有什么相关的说法？比如有幽灵出没呀什么的。”他看起来像个捕风捉影的怪谈爱好者。总觉得这家伙肯定是低俗电影看多了，我有点讨厌他，但又尽量不表现在脸上，便随口说道：“没有这一类的传说。”

接下来的时间里，麻生又陆续问了许多问题：这里的湖泊里是否有所谓的尼斯湖怪兽啦，这里土著居民的圣地之谜和消失大陆之间的联系啦，等等。

最后，他竟然大言不惭地说自己见过UFO。我算是彻底服他了，便适时地敷衍几句，讲一些“你真了不起”之类的赞美的话，便起身告辞了。

“管理员大叔！”当我和卡罗快走到走廊上时，他又在后面嚷嚷起来：“这附近有熊吗？”

“熊？”

“我想到附近的林子里走走。”

“没有。”

“是吗？那太好了。”

“你可要注意，别迷路了。”

听完我的提醒，麻生点点头，脸上透出一丝不安的神情。

他拿起摄像机，站起身来。

9

天都黑了，风间和木之内他们还没有回来。到了晚上七点多，当我正为准备晚饭的事而犯愁时，大门外总算传来了汽车的声响。我走到大厅，想等他们一进屋子就询问是否马上开饭。

“好棒，太美了，这满天的星星！”

传来一个非常尖厉的叫声，我大吃一惊，愣在原地。那声音既不是风间的，也不是木之内的，而是一个从未听过的女人的媚叫声。

门开了，风间走了进来，紧跟着的是一个穿着牛仔裤的矮个女子，她挽着戴墨镜的木之内的手臂，也走了进来。

“是大叔你呀。”风间冷淡地瞥了一眼手足无措的我。“这个女孩叫莱娜，从今晚开始住在这里，麻烦你给安排一下。”

她自称椿本莱娜，看上去二十四五岁，和那帮年轻人同龄或稍年长一些。听说，她独自一人来此旅游。

至于她和风间、木之内是怎样相识的，我并不知道，也没兴趣知道（后来倒是听风间、木之内说起过）。总之，风间和木之内去兜风的时候，碰见了这个独自旅行的女子，三人意气相投，便一起回来了。

她个头不高，肉肉的，脸显得很大，但丝毫不能否认她是个美女。双眼皮、丹凤眼，挺翘的鼻子，性感厚实的嘴唇，皮肤也很白，不像一般的日本人；头发卷曲，发色较浅，浓妆艳抹，尤其是嘴唇涂得猩红，非常惹眼。无论是打扮，还是讲话、神情，她都非常明白该如何吸引男人们的注意。我一看到她就有这样的感觉，没想到，我的直觉竟然那么准。

风间和木之内显得很高兴，与出门时相比简直像换了个人似的。为了赢得莱娜的欢心，两个人争先恐后地扮傻充愣（在我看来是那样的）。麻生从林子里散步回来以后，就一直躺在沙发上，蜷缩在阴暗角落里，不过他一看见莱娜，浅黑的脸上竟也泛起红潮，一下子跳了起来。打个比方来形容他们，那帮年轻人就像是闻着鱼腥味儿的猫。就连冰川也不例外。当他听到女人的叫声，从大房间里出来的时候，也显得更加一本正经了。看见那副表情，我暗自苦笑起来，谁都能看得出，他很在意那个女人的目光，反而显得过于拘谨。

那我自己又有什么反应呢？很遗憾，我觉得，她作为一个女人并没有什么魅力。与其说是我老了，倒不如说是个人兴趣问题。如果说我对她还有一点兴趣的话，那就是她的面容（尤其是眼睛）和我已故的亲人有一点像。如果她一个人前来借宿的话，我会毫不犹豫地拒绝的。但是，既然风间让她住在这里，我也只能服从。无论内心多不情愿，表面上也只能鞠躬表示欢迎。

幸好备了许多食物，即便多出一个人来也不会有什么影响，但是我不得不考虑如何安排她的房间，毕竟已经没有多余的床铺了。风间得知后，嘻嘻哈哈地说出了自己的解决方案："那就让谦二郎那小子把房间腾出来吧。那小子可以睡在沙龙室。或者，莱娜，你就睡我屋里吧。"他的意思是让莱娜和他睡一张床。

"裕己，你小子可不能吃独食呀！"

木之内提出了反对意见，而莱娜则来回看着这两个人，嫣然一笑。

"我无所谓，怎么着都行。"

10

"这间老宅叫黑猫馆。"吃晚饭的时候，木之内依然戴着墨镜，冲着坐在对面的风间身边的莱娜说道，"你知道为什么会叫这个名字吗？"

"让我想想。"莱娜将红酒杯端到猩红色的唇边，歪着脑袋说，"是不是……这里养了不少黑猫？”

“我就在这里说说吧。事实上，这里曾发生过一件很恐怖的事。”

当时我收拾停当，正准备回厨房。来到走廊边，我停下脚步，竖起耳朵，想听听木之内怎么说。

“从前——大概是二十年前了——这间宅子的主人是一个姓天羽的博士。”木之内用一种夸张的语气说了起来。打他们住进来之后，我还是第一次看到他说这么多话。“他是生物学博士，在这里偷偷地进行一项研究。”

“研究？”

“是的。该怎么说呢？那是一项惊人的研究，你们知道弗兰肯斯坦吗？”

“我在电影里看到过。”

“他的研究和那个差不多，就是‘人造人’计划。”

“是吗？”

“天羽博士有一位美丽的妻子，她养了一只黑猫。那个猫有这么大，博士的妻子非常喜欢它，但博士自己却不喜欢猫。”木之内得意扬扬地说道，“二十年前的某一天，博士的妻子对他的研究表示了不满，希望他不要再继续那么恐怖的研究了。博士勃然大怒，将妻子暴打了一顿，后来，竟然将她杀死了。当时，那只黑猫也在现场。”

“真的？”

“是的。后来博士决定，把妻子的尸体藏匿在宅子的地下室里。他把尸体埋在墙壁中，黑猫也被活埋进去了。听说至今，一到晚上，这间老宅还会传出猫叫声呢。”他编的这些话真是毫无新意，无非是把爱伦·坡的小说《黑猫》改了改。

“那个人造人计划，结果如何？”麻生一本正经地问道。

“那我就不知道了。”木之内粗暴地回了一句。

“难道说，尸体至今还没被发现，埋在墙壁里吗？”

“恐怕是这样的。”

“那博士后来怎么样了呢？”

“去向不明。他好像害怕黑猫阴魂不散，就将这里转卖了。再往后，谁都不知道他去了哪里，干了些什么了。”

“行了，行了。”风间插嘴了，“你是怎么知道这些事的？”

传来一阵哈哈大笑声。我仿佛看到了冰川胆战心惊的样子。

我轻叹了一口气，朝厨房走去。

11

此后他们做了些什么，我就不得而知了。和昨天一样，吃完晚饭，这帮年轻人就去了沙龙室，当时他们已经喝了不少酒，显得很兴奋。

我麻利地将饭桌收拾妥当，便早早地回到了自己的房间。冰川也没有像昨晚那样把我叫过去。

卡罗仍躲在我的房间里。门外的嬉闹声震天动地，和昨天相比有过之而无不及，我实在忍受不了，便一个人去浴室洗澡了。

这次淋浴的时间是平时的好几倍。洗完澡，我换上睡衣，抱着卡罗坐在床边。突然，我意识到，沙龙室那边一下变得静悄悄的了。已经是晚上十一点多了。我侧耳倾听了一会儿，觉得跟刚才相比简直像是换了个天地。黑夜中，一切都是那么寂静无声。怎么回事？难道那帮家伙都上二楼房间去了？

我来到走廊上，往沙龙室的方向看过去，发现只有冰川一个人在。他坐在窗边的摇椅上，看着书。

"其他人呢？"

听到我的询问，他抬起头，耸了耸肩。

"他们……"他犹豫一下，还是说了出来，"他们去那边的大厅了。"

"那个大房间？"当时我一定是副哭笑不得的样子。"为什么又要去那边？"

"那儿不是有音响吗？他们说没有音乐就兴奋不起来，就过去了。给你添麻烦了，鲇田先生。"冰川一脸的愧疚。"裕已和木之内就是那么好色。而且，那个女人……"他稍稍有点支吾。看见我满脸不解，叹了口气，接着说了下去，"她非常像一个人。"

"像一个人？"

"昨天我不是和你说过吗？我们乐队里，原来有个叫丽子的女主唱，那个莱娜和她非常像。因此，那帮小子……"

原来如此，是这么一回事啊。

虽然我明白了来龙去脉，心情却依然没有好转。他们跑到大房间里，说不定今晚又会聚在一起吸毒。一想到这个，我就觉得异常烦闷。

"吵吵闹闹的倒没什么，可千万别做什么出格的事。"我随口说出这样的话来。

冰川哼了一句"对不起"，然后脚一蹬地，晃着摇椅，又看起书来。那架势，那神情，仿佛在说"你干吗教训我呀"。

我合好睡衣前襟，没有再说什么，掉头走了。

那一晚，我却怎么都睡不着。

其实我很疲倦，非常想睡觉，但就是翻来覆去地无法入睡。我关上灯，钻进被窝里，有意识地紧闭双眼。但是有好几次，眼看就要睡着了，却全身一抖，又突然醒过来。年轻的时候，我常常为失眠所困扰，好像现在又回到了当时一样。可以不想的事情，不愿想起的事情……各种各样的记忆在脑海中闪现。我尽量不去想，但这样一来，反而更加睡不着了。

我还是担心那些跑进大房间的年轻人。

如果长期住在一个地方，即便那并不是自己的家，哪怕是工作场所，也会自然而然地产生一种眷恋之情。在这大宅子里，我尤其喜欢那个大房间。现在，他们到底在那里干着什么寡廉鲜耻的事呢——我担心得不得了。

我趴在床上，抬起头看了下时钟——已经凌晨一点半了。

我侧耳倾听着，由于自己的房间与大客厅位于房子的两端，因此根本听不到他们的任何动静。

黑暗中，我在床上辗转反侧，最后还是爬了起来。

12

在长方形大厅的中央，一张放在墙边的睡椅被拖了出来。

椿本莱娜正躺在上面。音箱里传出刺耳的摇滚乐声，她和着节奏，前后左右地摆动着身体。

三个男人围绕在她身旁。

一个男人呈大字形，躺在红白相间的瓷砖上——大概是木之内晋吧。他没有戴墨镜，睡眼惺忪地望着空中。

麻生谦二郎盘腿坐在那里，好像练瑜伽似的，手放在了腹部。

还有一个人——风间裕己——他正趴在莱娜脚下，靠着她的膝盖，像一条饿狗般用鼻尖来回蹭着。

展现在我眼前的就是这么一幅场景——当时我是待在阁楼上的。

我蹑手蹑脚地溜出房间后，一直走到大厅门口，听到里面传出的音乐声和他们的嬉笑声，便决定去阁楼上看看情况。

在二楼的走廊上，有一个通向阁楼的入口。顶棚的一部分可以朝下打开，那里有个可折叠的梯子。爬上梯子，我来到了阁楼。这里很宽敞，但是不像房间那样方方正正，头顶上方是屋顶的斜面，脚下就是二楼的天花板，房梁之间搭着几块细长的木板，以防有人在上面踩出个窟窿。当然，平时也很少有人爬到阁楼上来。

我以前就知道，在这个阁楼的地板上（也就是楼下的天花板上），有一些小孔位置恰好在那个大房间的正上方。那些小孔可能是安装吊灯时打错的孔洞，也可能是那个中村青司设计房屋时故意留下的偷窥孔。

我打开手电筒，照着脚下，蹑手蹑脚地踩着木板，走到了那些小孔所在的位置。蜘蛛丝缠绕在脸上，扬起的灰尘弄得我喉咙和鼻腔生疼。我拼命忍着咳嗽，趴在木板上，将眼睛凑到小孔处。

淡淡的烟雾从他们的头顶上飘过来——大概是大麻的烟雾吧？激烈的大鼓节奏、断断续续的电吉他声、声嘶力竭的歌声……深夜中，这些声音对我而言，并不是音乐，而是令人恼火的噪音。

莱娜缓缓地从椅子上站了起来，妖媚地扭动着身躯，挑逗着那些男人们。她双手撩起长发，扬起头，眨着撩人的双眼，微微张开猩红的小嘴……连我都觉得自己好像要被她召唤下去了（底下的人不可能注意到我的）。我吓了一跳，将眼睛从小孔处移开。

风间两手抱住她的双腿。她脸上洋溢着微笑，一脸的陶醉，将他的头一把搂到自己丰满的胸口上。木之内站了起来，从后面扑了上去。随着一声尖叫，她和风间像摞起来一样倒在地上。

麻生看着他们，怪异地放声大笑。

在我看来，这种场景与其说是淫荡，倒不如说有些异样。我觉得自己正在偷窥的是一群未知生物蠕动时的样子。我无意识地将左手放在胸前——心脏跳得很快。不是因为性兴奋，而是因为感到了一丝别扭（或是厌恶），以及莫名的恐惧感。

此后不久，冰川隼人出现在我的视野里。

小孔下方，视野的边缘处，房门被推开了。冰川刚跨进来，便看到眼前那帮年轻人的丑态，不禁呆立当场。他快步穿过房间，直到此时，那四个人才注意到他的出现。

莱娜冲擦肩而过的冰川喊着。虽然磁带到头了，音乐声停了下来，但我还是听不到她在喊什么。冰川毫不理睬她，加快脚步朝回廊楼梯走去。看上去，他到这个房间来只是为了找书。

莱娜站了起来。风间拉住她的胳膊，想阻止她，但是她轻轻地将风间推开，和那三个男人窃窃私语起来。然后，她用娇媚的声音，冲着已经登上回廊的冰川喊道："文化人！不和我们一起玩玩吗？"

冰川没有搭腔，夹着几本书走了下来。莱娜提着裤子，衣服也大敞着，乳房半隐半现，晃晃悠悠地跑到他面前。

冰川大惊失色，站在那里愣住了。莱娜趁机抱住他，两手缠住他的脖子，踮起脚，将自己的嘴唇贴到冰川的嘴唇上。冰川夹着的书本，乱七八糟地掉在地上。

风间、木之内和麻生则离开了房屋正中的睡椅，从我的视野中消失了。这帮家伙去干吗了？刚想着，就看到他们将放在南面墙边（回廊的正下方）的大装饰架子拖了过来，放在房屋入口处，将房门堵上了。

看来，莱娜是想把冰川也拖下水。

冰川总算掰开了女人的手臂，将散落在地上的书本拾起来，朝房门走去，但很快就站住了。

“你们要干什么？”冰川瞪着那三个家伙喊道，“让开！”

三个人一声不吭，退到睡椅边上，而莱娜已经躺在上面了。

冰川想独自移开那个大架子，但是不管他怎么用力，那个大架子都纹丝不动。

“不行的，文化人！”莱娜开心地笑着，“就和我们在这里一起乐呵乐呵吧。反正书迟早都可以看的。”

冰川转过脸，表情有点异样。他用手扶着额头，像被人踹了膝盖一脚，猛地跪在地上，手耷拉在架子上，慢慢地晃着脑袋。

“你，到底让我……”他喘息着。

“你……”

“第一次吃这玩意儿？”莱娜说，“没什么好害怕的，一会儿你就飘飘欲仙了。”

我想起来了，是刚才那次接吻——刚才莱娜抱着冰川接吻时，估计是趁机喂他吃了 LSD，所以他才会……

边叹气边感觉身子在颤抖，我将视线从小孔处移开，不想再看这些年轻人的丑态了。不过当时，我也没有下去责备他们的勇气和体力。

当我从阁楼下来，回到自己房间的时候，已经凌晨两点半了。

卡罗并不知道主人的心思，只是趴在床角安详地睡着。我弄了一身土，便去洗了个澡，之后就钻回被窝里，并不算安稳地睡了过去。那个大房间里此后发生了什么，我当然一无所知。

第四章
一九九〇年六月·东京至横滨

1

“江南君，这事儿你怎么看？”

鹿谷门实一边在桌子上折着一张黑纸一边问。江南读完“手记”，抬起头。香烟叼在他嘴里很长时间了，过滤嘴都被咬得变形了。他这才点上火。

“我也不知道该怎么说。作为一个编辑，我希望他不要写那么多生僻的汉字。”

鹿谷“哈哈”地苦笑了一下。

“那具体地说，你觉得手记中的内容到底是真实的记录呢，还是鲇田虚构出来的？”

“这个嘛……”江南看看打开着的手记。上面的字是用蓝墨水竖着写的，稍微右倾，字体很普通。

“我觉得这不是虚构的。”

“哦？那你的意思是说，去年夏天，的确发生过那本手记中所记载的事情？”

“我觉得是这样。鹿谷君呢，你不这么想吗？”

“不是的。我的意见和你基本相同。”鹿谷不再折纸了，用手蹭了蹭他那大鹰钩鼻。“我觉得至少不是完全虚构的，虽说也没什么根据可以证明手记中的内容是事实吧。”

“手记中不是也出现了中村青司的名字吗？”

“有倒是有的。但是，我们也可以这么考虑：在鲇田遭遇火灾，住院之前，他就已经看过我写的《迷宫馆事件》了，那他当然就知道中村青司这个人的名字和特征，从而将其融入自己的创作中。如果真是这样的话，那么‘鲇田冬马’就可能不是他的真名。”

“啊，是这样。”

“但是江南君，我并不那么认为——准确地说，我不想那么认为。”

“为什么？”

听到江南的发问，鹿谷浅黑的脸上浮现出一丝微笑。

“那样的话，我们不就见不到‘中村青司的黑猫馆’了吗？”

他半开玩笑地说着，将自己的折纸作品扔到了桌子中央——那是用黑纸折出来的“猫”。

时间是六月二十八日，星期四的深夜。地点是世谷区上野毛一个叫“绿色高地”的公寓的四〇九房间。从前年开始，鹿谷就将这里作为自己的寝室兼工作室。

这天下午三点半，他们去新宿的Parkside酒店拜访鲇田冬马。聊了一会儿后，鲇田老人露出疲惫之色，两人连忙告辞。鹿谷将那本手记借了回来。当然，他也和老人约定，一旦读完手记，自己有了比较完整的想法后，就会马上跟他联系。

江南还有必须完成的工作，因此暂时和鹿谷分别，到单位去了。一个半小时前，他离开了出版社，直接杀到鹿谷这边。现在，时间已经到了深夜十一点。

“难道警方看完这个手记后，没有进行深入调查吗？”江南掐灭了烟头。

“要想调查手记的内容是否属实，有几个办法。可以查访一下宅子的主人——那个住在埼玉县的不动产业主，或者看看去年八月份非自然死亡事件的记录，等等。”

“他们可能也调查了一下吧，不过没查到什么令人满意的结果罢了。”

鹿谷像吹口哨一样，噘起有点向上翻的嘴唇，用手指轻弹了一下纸黑猫。

“再说警察可是什么人都有，既有很多尽可能不去找麻烦，只是拿着工资混日子的家伙，也有很多只会教条地按照刑事手册办事的蠢货。”

“不会吧？”

“往往那才是‘现实’呀。”鹿谷若无其事地下了结论。“另外，鲇田老人也肯定不会主动要求警方去彻底调查的。我觉得，他是个处事精明的人，当他恢复意识，看完手记后，恐怕也明白，如果手记里的都是事实，自己也将陷入相当不利的境地。因此，他才有意识地主张，那是自己虚构出来的，对医生、警察也都是这么说的。在手记的开头，的确有一段微妙的话——‘这也可以称作小说’，这就大大增强了鲇田主张的可信度。”

“确实……”

“今天，和我们告别的时候，他还郑重其事地要求我们不要和别人谈及这本手记，在事情尚未水落石出之前，并不希望警方介入其中。”鹿谷看着一个劲点头的江南，继续说下去，“好了，现在……的关键就是，我们该做些什么，能做些什么。”

“还是应该首先弄清楚，手记中的内容到底是不是真的吧。”

“嗯。最终目的是帮鲇田老人恢复记忆，反正我们就先抱着这样的想法去行动吧。”鹿谷的话似乎别有意味，他将手记拿到自己面前。“要想弄清手记中的内容是否为事实，有好几个办法，我们两个人能做的就是，首先，像你刚才说的，找到那个叫风间的馆主。不知道是否真有这个人。如果有，我们就开门见山地问他，是否拥有一间叫黑猫馆的宅子。”

“要不要把埼玉县的电话本找来？”

“光凭那个，可能会找得到，也可能不行。埼玉县很大，我们也不知道他公司的名字，倒不如去找有关他儿子风间裕己的线索更为有效。他不是M大学的学生吗？我们可以很容易就查到学校里是否有同名同姓的人。同样的方法也适用于冰川隼人，只要我们去问问T大学的研究生院就可以了。至于木之内晋和麻生谦二郎，手记上没有提及他们的学校。而那个叫椿本莱娜的女孩，好像用的不是真名，凭我们的力量很难查出什么结果。”

“那么……”

“就算我们找到并且和那帮年轻人见了面，也不要指望他们会轻易地说出实话，恐怕他们会一味否认的，说什么没有这回事啦，自己什么都不知道啦之类的话。即便他们承认有‘黑猫馆’和鲇田冬马这个管理员的存在，但对于手记中的内容，也许仍会死不承认，说那是胡编乱造的。”

“也许吧。”

“正因如此，江南君，我觉得从另一个方向发起攻击，会更为有效。”

“另一个方向？”

“也就是——”鹿谷顿了一下，拿起手记，随便翻着，“直接找到叫黑猫馆的建筑。”

“你的意思是？”

“就是弄清黑猫馆到底在哪里。”鹿谷不再翻弄手记了。“手记中没有一处提及黑猫馆的位置。这对常年居住在那里的鲇田老人来讲是不言自明的，他也没有必要写进去。况且，在去年九月写这本手记的时候，他也没想到自己会丧失记忆。

“离港口城市有一个半小时的车程，周围是渺无人烟的森林……在手记中像这样可作为线索的描述还有一些。但是光凭这些是很难推断出地名的。在这篇手记中，至少对我而言，最大的问题就在这里。”

江南觉得那倒也是。因为自始至终，鹿谷最感兴趣的不是别的，而是中村青司设计的黑猫馆本身。

“我觉得，解决这一问题的最大捷径就是先找到黑猫馆的所在地，然后把鲇田老人带到那里去看看。这个思路怎么样，江南君？”

“我同意。但即便如此，不还是要先找到埼玉县的不动产业主或者那帮年轻人吗？”

“不用那样做的。”鹿谷一只手撑在桌子上，一脸坏笑。“黑猫馆是一九七〇年，札幌 H 大学的副教授天羽辰也委托中村青司设计建造的。如果能找到相关资料就好了，或者……”

“中村青司的设计记录会被保留下来吗？”

“那些记录都没有了。在五年前，角岛蓝屋的那场大火中，青司自己保存的那些资料和他本人一起化成了灰烬。”

“相关的政府机构会不会存档呢？”

“那就更不会有了。”

“建造房屋的时候，不是得提交申请报告吗？”

“我也这么考虑过，所以事先调查了一下。建造房屋的时候，必须提交两类文件，即确认申请书和计划概要书。大城市里是这样要求的，而在农村，只要有一份建筑工程申请就可以了。另外，建筑工程申请和确认申请书在相关政府机构的保存年限是五年，计划概要书则是十年。无论是哪一种，建了二十年的黑猫馆，有关资料恐怕早就销毁了。”

“这样……”

“剩下的，只能查对一下法务局的房屋登记证了，但是那上面是不会记载设计人员名字的。因此，我们想通过政府文件找到中村青司设计的建筑物的地点，是不可能的。”

“这样啊，那我们该怎么做……难道要去札幌找一下天羽博士的朋友？”

“那也是一个办法，但在那之前，我们必须找到一个人。”

“谁？”

“神代舜之介。”

江南从来没有听过这个人的名字，歪着头纳闷着。鹿谷看看他，调皮地笑了笑。

“你当然不知道这个人，我也是最近才获得这个情报的。”

“是吗？”

“你还记得红次郎吗？”

“红次郎……你说的是中村红次郎吗？当然记得。”

正如鹿谷所言，五年前，也就是一九八五年的秋天，中村青司在被称为“蓝屋”的自宅里，被大火烧死了。中村红次郎就是他的亲弟弟，是鹿谷的大学前辈。正因为鹿谷和他认识，才会对中村青司产生浓厚的兴趣。而且，四年前，江南也是在别府的中村红次郎的家中，与鹿谷相识的……

“今年春天，我回九州时见到红次郎了。我们已经很长时间没有见面了。自从那个事件[①]以后，一直没能像从前那样，无忧无虑地聊过天了。”

“他身体还好吗？”

“还可以。他还在研究佛学，房间里到处都是梵语和巴利语的文献。他已经从悲痛中恢复过来，盛情地接待了我。我就是在大学的建筑系学习时，从他那里知道，中村青司一直仰慕着 T 大的神代舜之介教授。”

“教授……原来是这样。”

难道神代教授是中村青司的恩师？

“一九七〇年，中村三十一岁。当时他已经隐居在角岛了，但好像还和这个神代教授保持着联系。因此，说不定他能对中村当时设计的建筑物有所知晓。而且，委托中村设计建造黑猫馆的天羽辰也也是毕业于 T 大的生物学家，由此推测，当时中村和神代之间，可能会谈及天羽辰也以及那间宅子的事。”

“有道理，应该会的。”江南又拿出一支烟，叼在嘴上。“你知道那个神代教授住在哪里吗？”

“就算没有鲇田老人的事情，我也想找机会拜访神代教授，因此

①参照《十角馆事件》（新星出版社，2013.6）。

事先调查过了。他已经退休了，目前住在横滨。”

“要不要去拜访一下？”

“我想明天打个电话问问。你也一起去吗？”

“我只能奉陪到底了。”

“那好，我们争取周末和他见上一面——喝杯咖啡吧。”

“我来弄。”

江南走进厨房，准备咖啡的时候，鹿谷又打开那本手记，默默地看着。很快，咖啡机的转动声停止了，鹿谷稍稍扭了下脖子，看着比自己年轻的江南。

“江南君！”鹿谷的声音比刚才还要轻。“你刚才看完手记，没觉得哪里不对劲吗？”

“不对劲？”江南转过头，而鹿谷的视线又回到了手记上。

“违和感。这本手记中，有许多叙述让我觉得别扭。”

“是吗？我倒没觉得。”

“那你对于手记中记载的事件，有什么看法？”

“这个嘛——我当然也有不太理解的地方，尤其是最后的密室事件。”

“是吧？我也非常不解。鲇田老人为什么要写这本手记呢？”

“手记开头不是说‘为自己写的’吗？大概和日记是一回事吧？”

“对，你讲的我明白。‘也算是为自己写的一本小说’这句话的意思，我也理解……但让我纳闷的是，今年二月，鲇田老人为什么要拿着这本手记到东京来？而且，鲇田老人也说了，在火灾发生后，他逃命的时候只拿了这本手记。他为什么如此珍惜这本手记呢……”

“请喝咖啡。”

“啊，谢谢。这些事情要慢慢地想一想。”

鹿谷抿了一口咖啡，缓缓地从衬衫口袋里掏出个黑色印章盒一样的东西。这是他心爱的烟盒，为了少抽烟，里面一般只放一根烟。去年,“钟表馆事件”发生后,一直奉行“一天一根烟”的鹿谷破了戒，但是从今年开始，他又立了同样的誓言。

他点燃了“今天的一根”，美滋滋地抽了一口。

“哎呀，都这么晚了！”鹿谷看着墙上的挂钟说，“明天你还要上班吧，江南君？要不，你干脆就住我这儿吧。”

2

六月三十日，星期六下午。鹿谷门实和江南孝明来到了中村青司的恩师——神代舜之介教授的家。从早晨开始，天就阴沉沉的，像是要下雨的样子，闷热得很，两人的衣服都被汗浸湿了，黏在身体上。他们在自由之丘站碰面，一起乘东横线到达横滨，接着换乘JR根岸线，在第四站山手站下了车。几天前，鹿谷在电话里大致问了一下路线，他们登上一条很陡的坡道，周围都是住宅楼。

从车站走了大约二十分钟，出现了一个视野良好的高地，神代教授的家便在其中一角。他家看上去有点旧，但是很小巧，和周围鳞次栉比的住宅楼不同，那是个雅致的二层洋楼。乳白色的墙壁上，有一些暗茶色的木架,构成些许几何图案。这恐怕就是“露明木骨架”样式的吧。大门内里，玄关两侧，有两棵喜马拉雅雪松在大雨中摇曳着。院门是敞开的，他们来到玄关处，按下门铃，里面传来一个清脆的声音：“来了。”好像是个年轻女子。

门很快就开了，有人迎了出来。果然是个年轻女子——应该说是个少女，她穿着柠檬黄色的裙子，与其纤细的身材非常相配。她的脸很白净，带有几分稚气，美丽的长发在眼眉处剪得整整齐齐。如果让她穿上和服，再缩小几倍的话，就和可爱的日本木偶十分相似了。

“原来您就是昨天打电话来的作家先生。”鹿谷自报家门后，少女微笑起来，露出两个可爱的酒窝。“请进，爷爷早就在等你们了。”

江南琢磨着：原来她是神代教授的孙女？虽然只有十几岁，但待人接物却非常老练。

“这个房子是神代教授设计的吗？”鹿谷跟在少女身后，走在有点暗的走廊上。

听到他的问题，少女稍微歪了下头说：“我想不是吧。我听爷爷说，他的专业是建筑史。”

两人被带到一个宽敞的房间。

房间像是个日光浴室，细长的空间里放着一张大安乐椅。神代舜之介坐在那张椅子上，看着窗外的大雨。

“爷爷！”少女走到他身边，喊了一声，“有客人来了，就是昨天打电话来的那位。”

神代“嗯”了一声，回过头。刚才，两人走进来的时候，他好像没有觉察到。

“欢迎，欢迎。”

他利索地站起来，坐到房间中央的沙发上。他穿着和服便装，个头很高，头发都白了，但还没有秃顶，面部棱角分明。虽说他已经七十多岁了，但看起来，比前两天见到的鲇田要年轻得多。

“初次见面。”鹿谷低下头，递上名片。“我叫鹿谷，平时喜欢写点东西。这位是我的朋友，稀谭社的编辑，叫江南——您这个屋子可真漂亮。刚才我还问她了，这个屋子是……”

“浩世，把咖啡端上来，要浓一点。”老人冲少女说，好像根本没有在听鹿谷讲话。

“好的。”

“这是我孙女，叫浩世。挺漂亮的吧，和我很像，很聪明。她还没有男朋友，你的那位朋友还有机会。但是想和她交往，就必须得到我的同意。”神代拉开嗓门说着，然后哈哈大笑起来。

“不好意思。”少女小声说道，“爷爷的耳朵有点背。请你们和他说话的时候，嗓门高一点。”

“啊，明白。”鹿谷显得有点担心。

“不用担心，爷爷的神志还是很清楚的。”

女孩顽皮地笑了笑，急匆匆地跑到走廊上去了。

3

“中村青司啊，我当然记得。在我的朋友当中，他是屈指可数的怪人哪。”神代舜之介大声地说着，眼睛眯成缝，沉浸在回忆中。“当我还是副教授的时候，曾经教过中村君。他是个优秀的学生。专业教授极力推荐他读研究生，他本人也有这样的愿望——但是在四年级的时候，他的父亲突然死了。无奈之下，他回了故乡。”

江南放心了，看来这个老人还有不错的记忆力。鹿谷坐在他旁边，继续发问道：“当时，您教什么课呀？”

“近代建筑史。这不是他的专业，但是我们性情相投，他经常跑到我的研究室来玩。他还来过我家几次呢。”

“青司——中村君还到过这里？原来如此。”鹿谷感慨万千地环视着房间。

“你知道一个叫朱利安·尼克罗蒂的建筑家吗？”神代老人将烟草塞进白色海泡石的烟斗里，冷不丁地问了一句。

鹿谷歪着头：“这个嘛……”

“他是本世纪前半叶的意大利建筑家，在日本没有多少人知道，但我以前就对他很感兴趣，查阅了大量资料，写了一些论文。不知道是不是受我的影响，中村君也对他相当感兴趣。”

“尼克罗蒂是一个怎样的建筑家？”

“要是细说，话可就长了。简单地说，他是一个非常愤世嫉俗的人。”

“愤世嫉俗？”

“我说得可能夸张了点。”神代教授顿了一下，慢慢地，给烟斗点上火。“至少他非常讨厌当时正在兴起的近代主义建筑，这是没错的。近代主义建筑是以所谓的合理主义为基础的，是当时建筑界的主流。尼克罗蒂非常讨厌这个主流，不光是建筑，他还讨厌不断现代化的社会，进而厌恶起自己来，觉得自己也卷入到了那样的社会当中。”

“这样啊。”

“这些只不过是像我这样的研究者主观解释出来的，说不定他本人并不曾那样想过。在我看来，他的工作也许就是孩童时期搭积木游戏的延续。”说完，老人独自窃笑，而鹿谷却满脸严肃地探出身子。

“他建造了什么样的建筑呢？”

“全都是些没有实用价值的建筑。”神代老人冷淡地说，“没有入口的房间，上不去的楼梯，毫无意义、七绕八拐的走廊等。正因为如此，没有几个建筑能保留到现在。”

“原来如此。”

鹿谷一个劲儿地点头。江南听着两人的对话，不禁想起了有名的“二笑亭”[①]。

那个叫浩世的女孩端着咖啡进来了。她把咖啡放在三人面前，正准备出去，却被神代老人叫住了：“你就在这里待会儿吧。”女孩一点也没生气（看起来倒很开心），笑了笑，拉出墙边钢琴旁的椅子，坐了下来。

“听说大学毕业后，中村还和您有来往。”鹿谷继续问着。

“是的。偶尔通一通信……也就到这个程度。”

“您去过他在九州的家吗？”

“只去过一次。那是个小岛，叫角岛。他在那里建了一幢怪异的房子，用以自住。”神代美滋滋地喝着孙女为他冲好的咖啡，突然很敏锐地看向鹿谷和江南。“你是叫鹿谷吧？你说自己是个作家，那为什么要特地跑到我这里来，打听他的事情呢？”

“出于作家的兴趣。这样回答行吗？”

“可以，这样回答挺方便的。”老人大声笑了起来，满脸都是褶子。他看了看坐在钢琴椅上的孙女。“浩世早就盼着今天了，她连高中社团的活动都不参加了，急急忙忙地赶了回来。”

“爷爷！”女孩难为情地将手放在脸颊上。

老人又大笑起来：“她就喜欢看侦探小说。你的书，她好像都看过了。昨天接到你的电话后，她开心死了。过一会儿，她还请你给她签名留念。”

“那……我可是深感荣幸啊。”

①据传昭和年间，一个叫赤木成吉的人在东京的深川门前仲町修建了一栋名为“二笑亭”的房屋。那栋房屋和普通的住家完全不同——楼梯是个摆设，房间无法使用，厕所也离房间很远，房间里还镶嵌着玻璃的窥视孔。

鹿谷也像女孩一样，挠着头，有点不好意思。看他那副模样，江南差点儿就笑出来了。

“昨天晚上，我也看了你写的小说，叫什么《迷宫馆事件》的。那里面有一个叫岛田洁的人，恐怕写的就是你自己吧？”

鹿谷连忙点头称是。神代从烟斗架上拿起烟斗，抽了一口。乳白色的烟雾袅袅升起。

“自那以后，你就一直四处寻找中村设计的房子？”

“是的。”鹿谷坐正了身子，从自己的烟盒里拿出一根烟来叼在嘴上。“那么，教授，现在我们就进入正题吧。”

“我会尽量回答你的问题，以满足你的要求。”

“二十年前，也就是一九七〇年左右，您还和中村青司保持着联系吧？”

“是的。”

“您知道他当时正在设计的建筑吗？一栋叫黑猫馆的房子。”

“这个……”老人第一次无话可说。

鹿谷继续问下去：“那好像是当时 H 大学的副教授，一个叫天羽辰也的人委托他设计的。这些情况您知道吗？”

“哈哈。”老人放下烟斗，正准备拿咖啡杯，听到鹿谷的问题后，手就这么停在了半空中。“太令人高兴了。今天不仅有年轻人来，连老相识的名字也一个接一个地蹦出来。”

“欸？这么说……”

“天羽辰也是我的朋友。”神代老人说，“他比我小九岁。战后，大学采用新学制，他是第一批入校的学生。当时我还是旁听生，在完成学业的同时，还得参加同人杂志社的活动。”

“同人杂志社？”

“在你这个作家面前说，真有点不好意思呢，其实我对文学还蛮有兴趣的。”

“爷爷好像只写那种非常浪漫的爱情小说。”浩世在一旁插嘴。

“哎呀，哎呀。”这回轮到神代老人难为情了，他笑了笑，“我和天羽辰也就是在那个杂志社中认识的。”

“天羽……也写小说吗？”

“他呀，怎么说呢，喜欢写一些童话类的东西，和我写的小说之间完全没有共同之处。我们常常发生争吵。”

“哦，是童话吗？”

“而且，他还非常喜欢看侦探小说，就像你写的那类作品。他喜欢江户川乱步、横沟正史等人的作品，不知道他自己写不写。”

“原来如此——听说他是一个优秀的学者。”

“他经常谈到进化论。我们也帮着敲边鼓，说那是天羽进化论。直到最后，学术界都没有人搭理他。即便这样，留学两年后，他就被 H 大学聘为副教授了，很了不起。”

“他是个什么样的人呢？”

“他呀，可谓是仪表堂堂。个头比我稍矮一些，但给人细高个儿的感觉。留学回来的时候，鼻子下面和下颚都蓄着胡须。”

“他结婚了吗？”

“就我所知，虽然迷恋他的女人不少，但他好像一直独身。”

“原来是这样。”鹿谷点着烟。“这么说来，您知道是天羽辰也委托中村青司设计的那个别墅喽。”

“是的。是我把天羽辰也介绍给中村青司的。”

“是您？这……”

“还是从头说起比较好。”老人闭上眼，呼了口气，突然压低嗓音说了起来。

“他被聘为H大学的副教授后，同在札幌的妹妹也怀孕了。不幸的是，她生完孩子就死了，天羽辰也便将那个孩子收为养女。当时，我在东京，他在札幌，由于两地分隔的缘故，交往自然就少了，也很少见面。过了一段时间，天羽正好来东京参加学术会议，便和我联系了一下，说他想盖个别墅，问我认不认识好的建筑家。”

“于是，您就把中村青司介绍给他了？”

“是的。当时我半开玩笑地提到有中村青司这么个怪人，没想到天羽那家伙似乎很中意，特地跑去九州找中村。”

“是这样啊。”

“那栋别墅完成的时候，大约是二十年前——就在那时，我收到了一封邀请我去参观的明信片。”

“什么地方？”鹿谷敏锐地提出了问题，“那栋别墅建在什么地方？”

“在阿寒。”神代回答道。

鹿谷顿时眼前一亮。“阿寒？是阿寒湖的阿寒吗？”

“听说天羽本来就出生在钏路一带。大概是因为这个原因，他才会如此迷恋那块土地。”

上大学的时候，江南曾去过阿寒和钏路。钏路是个港口城市，从那里坐两个多小时的长途车，就可以到达阿寒湖。那附近到处都是没有人烟的森林。

“阿寒吗？原来是那儿呀。”鹿谷摸着尖下巴，嘴巴里反复念叨着那个地名。“您去过那个别墅吗？”

“别墅建成的那一年或者是后一年，我受到邀请去过一次。那个别墅位于钏路和阿寒湖之间的深山老林里。”

“您知道准确的位置吗？”

“那我可就想不起来了。”

“您还记得那是个什么样的房子吗？”

“相当漂亮、雅致。”

“当时那栋别墅还不叫黑猫馆吧？”

“我没有听过这个馆名。”

“屋顶上是不是有一个猫形的风向鸡呀？”

“猫形？那就不能说是风向鸡了。”

“对、对，应该说叫风向猫。”

听着鹿谷一本正经地说话，浩世咯咯地笑了起来。神代老人瞥了孙女一眼，眯起眼睛。

“你一提醒，我也觉得好像有那么个玩意儿……”

“您看了地下室吗？”

“没有。”

“是吗——当时您碰到天羽辰也的养女了吗？”

“那时，她还是个四五岁的孩子，叫理沙子——对，理沙子。”

鹿谷将烟头扔进烟灰缸里，半天没有说话。老人正在塞烟叶。越过他的肩头，鹿谷看着日光浴室的大窗户。外面好像是后花园，盛开着的淡紫色绣球花正在雨中摇摆。

“您最后一次见到天羽辰也是什么时候？”

过了一会儿，鹿谷又轻声问了起来。声音太小了，神代老人叼着烟斗，大声地嚷着：“你说什么？”

鹿谷又问了一遍，老人点点头，回答道：“去过那个别墅后，我们就再也没有见过面。”

“您知道天羽辰也和他的养女后来怎么样了吗？”

“不是很清楚。有时好几年我们才联系一次。听说他出了些问题，从大学辞职了，后来嘛……就听说他破产了，最后音讯全无。除此之外，我就什么也不知道了。”

“破产？”鹿谷嘟囔着，看看坐在旁边的江南孝明。“江南君，你有什么想问的事吗？”

“我嘛……”江南有些紧张，有意识地拉长了音调，“关于那栋别墅，中村青司有没有说过什么建筑设计上的事？”

“我没什么印象。”神代老人歪着头说，“对于自己接手的工作，他可是一点细节都不会透露的啊。而且，我们平时也没什么联系……但他倒是和我说过一句话，不是关于房子的，而是关于天羽辰也的。”

“关于天羽辰也？”

“是的。他打电话来的时候，用有些嘲弄的口吻说——你的朋友天羽博士啊，就是个‘道奇森’啊……”

第五章
鲇田冬马的笔记·其三

13

八月三日的早晨，我醒过来时，觉得头晕乎乎的。

我觉得自己整个晚上都在做梦，但是做了什么梦，却一点儿都想不起来了（平时也常这样）。做梦的时候，自己也下意识地知道那是在做梦，当自己睁开眼，还没有完全清醒过来的时候，也能依稀记得梦中的场景和对话。但是一旦完全清醒过来，那些梦中的情形便消失得无影无踪，一点儿都想不起来了。这仿佛是在暗示我，黑夜与白昼，黑暗与光明的世界是无法融合的。

因此我从来都不知道什么是噩梦。我好像天生就记不住梦里的内容，不管梦的内容是好是坏。正因为如此，在过去，我对梦中的世界抱有极大的憧憬。现在已经好多了，但之前的我是非常渴望自己能成为梦中世界的一员的。

那天早晨，当我醒来时，感觉到前所未有的不适感，那和做梦没有什么关联。但是昨晚在阁楼上看见的场景，的确对我的睡眠质量造成了很大影响。

上午十点多，我穿好衣服后走出房间。宅子里没有任何动静。或许是心理作用，就连森林里小鸟的鸣叫声也似乎比往日小多了，四下一片寂静，寂静得让人害怕。昨晚的喧闹仿佛是一场噩梦。

和昨天早晨一样，我先在厨房里喝了杯咖啡，接着将凌乱的沙龙室收拾干净。便携式冰盒及桌子上的酒杯都不见了，估计是被那帮年轻人拿到大房间去了。今天，与沙龙室相比，大房间的清扫工作量肯定更大。想到这里，我再度深深地叹了口气。

上午十一点多，我打扫完沙龙室，可还是没有一个人起床。

抽完一根烟，我走到大房间，想看看里面的情况。从玄关大厅通向那个房间的大门紧闭着。犹豫了片刻，我用两手抓住门把手。这个大门是朝里面开的，由于没有上锁，所以把手可以转动，可试着推一推，大门却纹丝不动。

我想起了昨晚的情景。冰川走进这个房间后，在莱娜的授意之下，风间和木之内晋便用装饰架堵住了这扇门。因此，这个门现在推不开，也就是说他们那帮人还在里头。那场淫荡的酒会结束后，他们就睡在这个房间里了吗？

我没敢喊他们。当时我觉得，反正他们迟早都是要出来的，没有必要喊。于是，我将手从门把上挪开了。

过了中午，年轻人们还没有起来。

我隐约有点不安，再次来到大房间门口。和刚才一样，不论我怎么使劲，那扇大门依然纹丝不动。我决定去二楼房间看看。我想，可能并不是所有人都睡在了大房间里，说不定有人回到自己房里睡觉了。

二楼走廊的两侧有四扇门，当时我也不知道谁住哪个房间。

我先敲了敲左首靠楼梯最近的房门，没有人应答。我又敲了几下，在确定无人应答后，便一狠心拧了把手。里面没有上锁，门轻易地就被打开了。

床上没有人。这里好像是冰川的房间。放在床前地上的旅行包的颜色和形状，我依稀有点印象。

这个房间可以铺十张榻榻米，正对面的墙上有扇窗户，构造和楼下沙龙室一模一样，镶嵌着蓝黄相间的玻璃。上方有个紧闭着的拉窗。窗帘没有被拉起，光线透过玻璃射了进来，将没有开灯的房间截然分成明暗两个部分。

床边的桌子上放着一本书，我凑过去，一看书名，原来是P.D.詹姆斯的《皮肤下的颅骨》（*The Skull Beneath the Skin*）。他也喜欢读这样的书吗？

右首的墙壁上有一扇门，是通向卫生间的。两间屋子共用一套卫生间。我敲敲门，进去一看，里面还是没有人。我没有折回到走廊上，而是直接穿过卫生间，走进隔壁的房间，那里也空无一人。

我又查看了南边的两个房间，同样没人。

到底是怎么回事？

我站在走廊里，考虑了一会儿。

是就这样什么都不做，等着他们打开大房间的门呢，还是像昨天晚上那样，爬到阁楼上偷看一下里面的情形？

我左右为难，决定还是先到楼下喝一杯咖啡再说。就在那个时候，突然响起凄厉的尖叫声，那是我只在电影或电视剧中才听过的声音。

14

尖叫声是从楼下传来的。

我没听出是谁的声音，但至少可以肯定，那不是女人的声音。

我冲下楼梯，跑到大房间门口，虽然很想进去，但房门被堵着，依旧纹丝不动。

“发生什么事了？”我敲着门，朝里面大声叫着。

“刚才那个叫声，是怎么回事……喂，裕己，听到没有？”

里面传出颤巍巍的，快哭了似的声音。声音的主人好像是木之内晋。他拼命地喊着他的朋友们：“裕己、谦二郎……你们……快、快起来呀！”

随后传来了风间的声音。我不再敲门，将耳朵贴在门上，听着里面的动静。

“欸，怎么了？”

“出大事了！”

“出什么事了？”

“你看那边！”

“哪边？”

“那边，就是那边呀……”

“欸——啊——这……是怎么回事？她、她怎么死了？”

“死了？到底是谁死了？”

“把门打开！”我大喊起来，再一次用双手敲门，“快把门打开！”

“是管理员，你听。”房间里传来木之内怯怯的声音。他们总算听到我的喊叫了。

“怎么办，裕己？”

“怎么办呀？”

“快把门打开！”我又叫了一声，“快点儿！”

过了一会儿，里面的两人把堵在门口的装饰架挪开了。我总算能冲进去了。

首先映入我眼帘的是风间裕己和木之内晋那两张惨白的脸。两人都只穿着一条小内裤，留着女人一样的长发，抱着胸，浑身颤抖。这副样子只会让人觉得滑稽。

“发生什么事了？”我逼问他们，“刚才我听见你们在里面喊，有人死了……”

“她、她……”

“啊，在那、那边……”

两个人上气不接下气，脸部肌肉不停抽搐着，就像是受了父母训斥的孩子一般。一直到昨晚，他们还都是一副不可一世的样子，现在，那种刁蛮的态度早就消失了。他们用求助的眼神看着我，吓得直摇头。

“我……不知道，我什么都不知道。”

“我也是。”

“我们也不知道怎么回事。怎么会这样……”

“让我进去。”

我推开二人，朝房间里走去。虽然房间很宽敞，却还是充满了烟酒的臭味，空气浑浊极了。我不禁皱了皱眉头。他们肯定开了一晚的空调，却没开过换气扇吧。

地上到处散落着年轻人的衣服，还有酒瓶、便携式冰盒、满是烟头的烟灰缸……

“在那边。”

风间指着房间中央，手一直发抖。和我昨天在阁楼上看见的一样，那里放了一张躺椅，变了副样子的椿本莱娜就躺在那上面。

我抛开胆战心惊的二人，径自走了过去。

她浑身赤裸地仰面躺着，两条腿丑陋地张开，左手放在胸前，右手则无力地垂到椅子下面。她那原本诱人的白皙皮肤早就变成了难看的土灰色，纤细的脖子上缠着一条鲜红的围巾——仿佛将她全身的血液统统吸进去了一般，红得吓人。

我又往前走了几步，环视了一下房间，想知道另外两个人在哪里。麻生在右首里侧的墙边，什么都没穿，就那么赤裸裸地躺在沙发上。冰川在回廊一端，坐在书桌前呼呼大睡。

“把他们两个人叫起来。”我扭过身子，严厉地命令着风间和木之内晋。

两人赶忙拣起扔在地上的衣服，而我则背过身，走到躺椅旁边，连我都觉得自己太过镇静了。其实，我的内心也不是一点儿都不害怕和动摇的。但周围都是比我小得多的年轻人，他们已经乱了阵脚，相对地，我倒是自然地冷静了下来。

莱娜已经死了，这毋庸置疑。她苍白的脸上没有一丝血色，口红剥落的嘴唇半张着，两只眼睛闭得紧紧的，身子一动不动。我跪在躺椅边，抬起她垂下的右手，试着把了把脉，果然已经没有脉搏了。仅凭触觉就能感觉得到，她的手腕僵直、冰冷。

我又观察了一下她的尸体。没有大小便失禁的痕迹，脖子上的围巾深深地勒进肉里。我再次抬起她的右手，摸了摸手指关节，那里也开始一点点僵硬起来。看起来，她已经死了有七八个小时了。

我记得自己是凌晨一点多从阁楼上偷看这里的。如果死亡时间有七八个小时的话，倒推一下，她应该是凌晨五六点钟死去的。我是凌晨两点半左右回到房间去的，这么说来，她是在我回房间后死的，这一点暂时可以确认。

当我正忙着的时候，冰川已经被风间叫了起来，穿着一件T恤从回廊上下来。他叫了我一声，然后在楼梯中间站住了。

“怎么会这样？”他紧紧地盯着躺椅上的尸体。“她怎么会……”

“正如你看到的，她死了。”我故意轻描淡写地说。

冰川那细长的眼睛睁得大大的。他反复嘟哝着“怎么会这样”，像是在说胡话。

“怎么会发生这种事？”

“是真的。不信的话，你可以自己过来看。”

他走下楼梯，朝这边走了几步，突然，摇了摇头，又朝后退去。他两手放在脸颊上，继续摇着头。我第一次看见他如此狼狈的模样。

“怎么回事？”看到缠绕在死者脖子上的红围巾，冰川声音颤抖着问道。

我什么也没说，拣起躺椅下的衣服，盖在了她的脸上。就在那时，麻生尖叫起来：“有人把她勒死了？”他总算清醒过来了，似乎明白发生什么事了。

“到底是怎么回事？”

我不停盘算着，应该如何处理这种事。随后，我冲着站在房间各个角落的呆若木鸡的年轻人说道：“我来的时候，这个房间的门从里面堵上了，也就是说，在刚才风间少爷和木之内晋移开装饰架之前，这个房间处于封闭状态，外人是进不来的——这里只有你们四个人。”

“我、我不知道是怎么回事。”冰川嚷了起来，听上去似乎悲痛欲绝。

“你不可能不知道。”

“我真的不知道，真的……”因为极度恐慌，他那端正的长脸都变得扭曲了。“昨天，我来这个房间取书，硬是被她灌食了毒品，然后……”

“然后你就失去了知觉，什么也记不得了——是这个意思吗？”

冰川无声地点了点头。我看着其他三个人，问道：“你们呢？你们也都不记得了？”

没有一个人回答。所有的人都不知所措地低着头，露出无比恐惧的表情。

“好了，我们先出去吧。”我冲他们说，“把衣服穿好，到沙龙室来，把事情经过给我好好说一遍。”

15

我和那些穿好衣服的年轻人一起走出了大房间，莱娜的尸体仍在原处。从玄关大厅朝沙龙室走的时候，木之内晋晃晃悠悠地（大概是药物作用）跑到大厅一角的电话机旁，顺手拿起电话。

“你往哪儿打？”我大吃一惊。“给谁打电话？！”

木之内晋眨了下三角吊梢眼，伸手就要拨电话号码。“给、给警察。”

“什么？！打给警察？”

冰川大叫一声，急忙跑过去。木之内晋正要按“0”键时，冰川一把摁住他的手。

“你干什么？”

“不能打！”冰川恶狠狠地瞪了他一眼，劈头盖脸教训起他来，“现在把警察叫来，你知道会有什么后果吗？”

“什么后果？”

“她是被人勒死的，警察肯定要进行严密的搜查。如果那样的话，你们吸毒的事情就会败露。即使你们想隐瞒，警察只要对尸体进行解剖，她死前曾经吸过毒的事实也会轻易被发现的。”

“呃……”

“而且，刚才鲇田老人的话，你也听到了吧？昨天晚上，那个房间是密封的，除了莱娜之外，里面就只有我们四个人。这意味着什么，你应该很明白吧？”

“那……”

“所以说，别做蠢事了。”

“那我们到底该怎么办？”

“这个嘛……”冰川想说却没有说出来。他回头看着我，脸抽搐了一下。“鲇田先生，我这样说可能比较卑劣，但我还是要说。如果警察介入这个案子的话，你的处境也很不妙……”

“我知道。”我尽量用平稳的语调来回答，“我昨天就知道你们在吸食LSD和大麻了，可最后默认了你们的行为，所以，我当然也会被问罪的。”

的确是这样。即便冰川不讲，我心里也很清楚。如果警察现在就来调查这起案件，对我也没有什么好处。因此我也一直在考虑，这件事到底该怎么处理。

“就算要喊警察来，也要等我们大致商量完了，再喊比较好。”

我的大脑中不时闪动着蓝红交替的光线。我拼命地不去想，催促着他们往走廊走。

在沙龙室的沙发上坐好后，我便向四人问起昨晚的情况来。当时，我没有把自己躲在阁楼里偷看的事情告诉他们。因为我想验证一下，他们的交代是否和我亲眼所见的情景一致。

没有一个人能简明扼要地叙述事情的经过。风间的肩膀、嘴唇都在不停抖动，仿佛在大冷天被扔到户外了一样。木之内像是甲状腺肥大的孩子似的，傻乎乎地张着大嘴。而麻生则不管问到什么问题，只会一个劲儿地摇头，什么也不说。冰川则面无表情，无精打采地说着话。每个人的表情都不一样，但都因为莱娜的死，受到了巨大打击。

“冰川君，你说她强迫你吸毒，那是怎么回事？”

冰川咬着薄薄的下嘴唇，显得很委屈。“她突然上前吻我，借着接吻的劲儿，直接口对口地就把那玩意儿塞进我嘴里了。”

“是 LSD 吗？”

“大概是吧。”

“是谁把大门堵上的？”

“裕己和晋。”

“是这样吗，二位？”

并排坐在沙发上的风间裕己和木之内晋相互看着对方惨白的脸。

“是她——莱娜让我们那样做的。”风间回答道，嘴唇一个劲儿地哆嗦。“她说要把隼人拖下水。现在想想，那个女人有点不正常。我也见过几个淫荡的女人，但像她那样的，我还是……”

“于是你们就听从不正常女人的命令，把我关在房里？！你们又是什么玩意儿？”冰川瞪着他表弟大叫起来。风间无言以对，只能耷拉着头。

“不管怎样，昨天，在那个房间里，你们吸食完毒品后，都和她发生了性关系，是这样吧？”我问道。

谁都没有否认。

“冰川君被灌了毒品，大门也给堵起来了。那后来发生的事情，你们还记得多少？”

“我……”冰川最先打破了沉默。他眉头紧锁，似乎承受着巨大的痛苦。“我……我真的什么都不知道。当我被她灌了毒品后，脑袋一片空白，连站都站不稳了。因此……”

“因此后来的事情就记不得了，包括和她胡来的事情——你是这个意思吗？”

“是的。我觉得一直在做梦，那当中似乎是跟她做了……但，我的确什么也记不得了。当我清醒过来的时候，发现自己趴在书桌上，而你也已经站在那里了。”

“我可记得呢。”风间皮笑肉不笑地在一旁插嘴道，“隼人，你和莱娜玩的时候可开心了，跟我们一个德行。”

“胡说！”

“我说的可是真话，在这儿撒谎也没什么意义。”

“那风间少爷，你呢？”我转过头来问他，“她到底是被谁掐死的？你有没有什么线索？”

风间低下头，像是在逃避我的视线，轻声地哼了一句：“我不知道……因为后来，我什么都不知道了。”

“木之内晋和麻生呢？”

两人也是一声不吭，摇了摇头。木之内晋轻轻地摇着头，麻生的动作则很夸张。

“那个红围巾是她的吗？”

四个人不约而同地点点头。我又观察了一下他们的表情。

“我来总结一下吧。从昨天晚上到今天早晨，你们四个人在不同时间，吸食了不同量的LSD，因此失去了正常的知觉和意识。你们处在幻觉中，无法正确地判断事态。在这期间，莱娜死了，是你们四个人当中的某一个人掐死了她，连你们自己也不清楚凶手是谁，恐怕连凶手自己都不知道。在你们都丧失意识的时候，这种可能很大。”

冰川本想说什么，动了动嘴唇，却没有说出来，最后只是无力地低下头。他昨天还和我说“只有理智才是自己膜拜的神灵”，当时他一脸凛然。我想象着他的心理活动，内心很是同情他。

“我再问一遍，你们还记得和她死亡有关的事吗？不管是多么小的事都可以说，幻觉也好事实也罢，说吧，不要紧的。”

四个人显得手足无措，或者说是犹豫不决。我等了一会儿，看没有人说话，便继续说道：“看来你们的确想不起来了，或说是想起来但不愿意说。好吧，我也不会再问下去了。”

“请等一下，管理员大叔。”怯怯开口的是木之内晋。

“有什么事吗？”

“我……我……”他哭丧着脸，用低得几乎听不清楚的声音说，“好像是我掐死她的。”

“是吗？”

“我觉得……当我和她做的时候，她说了一句话。”

“她说了什么？”

“掐住我的脖子。”

“是她说的？”

“是的。她说了好几遍，我才用双手卡住她的脖子的。可我没有使劲。她好像挺喜欢这样的，还让我再用力一点……”

“你说的是真的？”

“记不太清了，模模糊糊的……”

“这么说，你自己也无法确定……那很可能是你的幻觉？”

木之内晋没有直接回答我的问题，而是看向风间：“你说呢，裕己？我说得没错吧？你应该也记得。”

风间垂着眼，一声不吭。看他这副德行，木之内晋一下提高了声调。

“你不也掐她脖子了吗？说呀！是不是？”

“我……”

“不要装不知道。实话实说！”

不管木之内晋怎样追问，风间就是一声不吭。过了一会儿，他才轻声冒出来一句：“那是你的幻觉。”木之内晋翻着吊梢眼，一时语塞。这时，一直闷声不响的麻生开口了。

“我……”他的声音很低。“我觉得自己也那样做了。”

“怎样？”

他眨着蜥蜴似的眼睛说：“就是莱娜曾经要我掐住她的脖子……”

“怎么样？我没胡说吧？”木之内晋似乎松了口气。

“没错，就是那样。莱娜对所有的人都那么说，结果她自己真的被掐死了。裕己和冰川也掐了……”

性交时，要求对方掐住自己的脖子——那个叫莱娜的女人竟有这么变态的嗜好？如果真是这样，事情就不难理解了。

“看来事情是这样的。”我看着四个年轻人说，“并不是谁故意要杀死她，那一切都是她不断升级的变态欲望所酿成的惨剧。刚开始，你们都是用手轻轻地掐，后来就用围巾绕住脖子勒，行为越来越过分，最后，她的小命也就这样断送了……”

四个“嫌疑人”一动不动，眼珠到处乱转，相互窥视着别人的表情。

我觉得自己跟个法官似的。

“但不管怎样，毕竟还是有人间接杀死了她，这一点没有改变，只是不知道是在座的哪位。你们每个人都有可能——可能是木之内晋、风间少爷，也可能是麻生君，甚至可能是被强行拖下水的冰川君。事情就是这样。”

16

“我想详细了解一下——莱娜的事情。”我冲着不吭声的四人说着，“昨天，少爷和木之内君是在什么地方，怎样和她认识的？她是个什么来历？比如说家住何方，平时都干些什么？何时、出于什么目的到这里来？”

“为什么要问这些呀？”风间不服气地瞪着我，反问道，“这些事情不去管不也是可以的吗？”

“不行，这很重要。”我有点失望，向他解释起来，“如果我们不把她死亡的事情告诉警察，那就要毁尸灭迹，把她的尸体藏起来，当成没发生过这件事。但既然有人失踪了，警方自然会有所行动。如果他们将她的失踪和绑架等重大犯罪联系起来的话，肯定会进行大规模的搜查。如果真有这种情况出现，我们能否应付得了还是个问题，所以，现在必须慎重研究一下。明白了吗，少爷！”

风间温顺地点了点头，看起来是听懂了。

“如果觉得应付不了，那我们现在去报警也不晚，只要老老实实地交代事情经过，还可以减轻罪责。怎么样？”

“我才不去呢。我讨厌被警察抓住。”

“那你就好好地回答我刚才的问题。”我继续发问，“你和她是在什么地方，怎么认识的？”

“在回来的路上碰到的。”风间叼上一根烟，拿出打火机，准备点烟，手却一直在抖，怎么也弄不开打火机的盖子。

“说得具体点。”

“就是在路上碰到的。当时她背着双肩包，在路上随意地走着。我打了个招呼，她就很高兴地坐进了我的车。在路上，我和她聊到这栋别墅，她主动提出要来这里看看。”

“她不准备住酒店吗？有没有说取消预定之类的话？”

“我没听到。”

“你在什么地方让她上车的？是人多的地方吗？”

“我觉得当时周围应该没有人。”木之内似乎明白我发问的用意，在一旁插话道，“当时我们在郊区，天色也晚了。”

“有没有带她进过什么店铺？”

风间和木之内一起摇头。我还是不放心。

“那你们就直接回来了？”

“是的。”

“直接回来了。”

看来还比较幸运。听他俩这样一说，我估计她来这里的事情也就只有我们五个人知道。

“好，明白了。下一个问题。”我继续发问，“她是个什么样的人？能把你们知道的统统说出来吗？”

“她不怎么聊自己的事情。”风间总算点着了烟。“我们问了许多，但她都笑着岔开了话题。”

“她是一个人来这里的吗？”

“她是这么说的，想到处转转，等钱用光了，再回去挣旅费。”

“她家在什么地方？”

“应该是东京吧。”

“是学生吗？”

“应该不是。她比我们年纪大，说话的口气也不像，估计是干风俗业的。就拿毒品来说吧，当知道我们手上有的时候，她显得非常高兴，要我们让给她一点……”

那个不要脸的女人——风间的话中明显带有这样的意思。可昨天他还为了讨她欢心，像狗一样摇尾乞怜呢。我在心里鄙视他。

“她没有说到自己的父母、兄弟什么的吗？”

“这个……”

风间歪着头，坐在旁边的木之内也是同样的姿势，麻生却低着头开口了：“我听到过。”

“是吗？”

“昨天，在这个房间——这个沙发上，她和我说过一些话。当时风间和木之内正好离开了一会儿。”

“说了什么？”

“她问我为什么愁眉苦脸的，问我是不是有什么烦心事。我说没有。她就说：‘烦恼是没有意义的，我一直是一个人，也尽量不去烦恼。’”

“一直一个人？可以理解成她没有亲人。”

“而且……”麻生继续低头说，“怎么说好呢？她好像很喜欢胡来。我总觉得与其说她是随心所欲，倒不如说是自暴自弃。”

“这话怎么说？”

“可以说是游戏人生吧。”

“她说过这一类的话吗？”

“是的。她曾经说过，人迟早要死，不及时行乐就是一大损失。

她的那种说法，很有一种……”

“自暴自弃的态度？”

“是的。”

我点点头，想到大房间中那个死去女子的脸，突然对她产生了一种从未有过的怜悯之情。因为我想，她在二十多年的岁月里也经历了苦恼和挫折，可她的人生轨迹到底是怎样的呢？此时此刻，这不是我应该考虑的问题，我也不想去考虑。

总之，现在可以确定两件事情：

第一，她是一个人来这里旅行的；

第二，除了我们之外，再也没有人知道风间和木之内把她带到这里来了。

还可以加上一条——她没有亲人（乐观些判断的话）。

随后，冰川又提议检查一下她的物品，说或许能知道些什么。她的物品放在了二楼风间的房间里，我让风间赶快拿下来。说完，我便离开这帮年轻人，去厨房给他们泡咖啡。

已经是下午三点了。这帮年轻人的胃里肯定是空空如也，但没有一个人喊饿。

透过厨房的窗户（和别处的窗户一样是镶死的，玻璃是透明的）往外一看，才注意到天气正在急剧变化。看样子，昨天天气预报中提到的低气压已经来了。

“快下雨了吧？”我不禁嘟哝起来。

天空被浓厚的乌云所覆盖，森林中的树木带着潮气在风中摇曳，大地也早就黯然失色了。

我站在弥漫着尸臭味的宅子里，看着窗外那完全不同的另一番风景，凝视良久。

17

通过对莱娜的背包进行检查，我们明白了两三件事。

首先是她的户籍所在地、出生日期以及身高。她身高一米六五，户籍在新潟县。出生日期我没记住，但我还记得年龄是二十五岁。

我们也知道了“椿本莱娜”这个名字并非她的真名。她为什么要用这个假名，我们无从得知，只能凭自己的想象了。当我们知道她的真名后，就更觉得“椿本莱娜”这个名字是胡编出来的（是不是有点像古代源氏家族的名字）。但是在这里，我暂且就不写她的真名了。

此后，我就开始帮他们一起隐瞒发生在大房间里的悲惨事件。我在这里故意不写莱娜的本名，也是以防外人看到这本手记（我想也不会有人看到）。这只是一个预防措施。

接着——

我们对事件本身进行了分析与研究，之后，我更加坚定了一个想法——除了我们五个人，永远不能让外人知道莱娜被掐死的事。

我们必须要考虑的问题就是——如何处理莱娜的尸体。总不能把她的尸体一直放在大房间里，必须要藏在别人永远都发现不了的地方。

“埋到森林里去吧。”风间首先发表意见。“我们开车到森林深处，然后大家一起……”

“可以考虑，但这恐怕不是最佳方案。”我提出了异议。

“为什么？”风间噘起嘴巴。

“你听好了，如果我们决定不把这件事告诉警方，那就要永远——不，至少在法律时效期满之前——把她的尸体藏好，不能被任何人发现。森林里有许多动物，它们会嗅到尸体散发出的臭味。说不定什么时候，尸体就给挖出来了。”

“埋得深一点就没事了吧？”

“那也不能保证万无一失。”

“那你说该怎么办？”

“嗯……”我喝了口咖啡，慎重考虑之后，开口道：“还有别的办法，比如扔到大海里——但也有被发现的危险。”

“在尸体上绑好重物，再丢进海里去呢？”

“这比埋在森林里要保险一些，但现在，外面的天气可不允许我们这么做呀。”我朝窗外扬了扬下巴。“从这里看不清，但外面的雨下得很大，一时半会儿是不会停的。从这里到空无一人的海岸有相当长的一段距离，考虑到路面状况，这可不是一件容易的事。”

“对了，后院里不是有个焚烧炉吗？”麻生悄悄地说了一句。

“把她的尸体烧掉怎么样？”

“那个焚烧炉不是很大，不可能把整个尸体都烧掉，除非把尸体切开。”

听到我的话，麻生满脸恐惧，摇了摇头，缩回了身子。

“而且，如果我们一不留意，尸体的焦臭味还会散发出去。虽说周围没有人家，但是万一有人经过、产生怀疑，那就不好办了。”

“那么……”

“该怎么办？”

如果没有其他的好办法，也只能从刚才的方案中选择一个了。还有其他办法吗——我思考着。这时，冰川仿佛看透了我的心思一样，说：“埋到地下室里，怎么样？”

“把她的尸体埋到地下室的墙壁中，这样行吗？”

他的这个提议也许是从昨天木之内向莱娜胡编的故事中受到的启发——传说，天羽博士杀死了自己的妻子，将尸体埋在地下室中。因为这个宅子叫“黑猫馆”，木之内才会仿照爱伦·坡的小说《黑猫》瞎说一通，而那个故事居然对“黑猫馆”的现状产生了影响。事态的发展还真是既奇妙，又充满讽刺意味。

冰川的提议让我很为难。这也太自私了。如果把她的尸体埋进地下室，那就意味着我这个别墅管理员今后要在这里，当一辈子的守墓人了。

本想立即反驳，但考虑片刻之后，我还是决定作罢。毕竟与其他方案相比，这种处理方法有着显而易见的好处。

“我也是这么考虑的。”我尽量保持语气平和。“那样做的话就不用担心尸体会被发现了。当然，如果这间宅子被拆了的话另当别论。”我直盯着风间说，“少爷，你看呢？”

他显得有些语无伦次。“欸？什么？你到底想说什么？”

“今后要请你特别留心，别让老爷把这儿卖掉或是拆掉，怎么样？”

“这件事呀，放心！老爷子对我的话言听计从。只要我说非常喜欢这里……”

“那就好，这样一来就没什么问题了。”我独自点点头，看看其他三人的表情。

“鲇田大叔，你觉得这样行吗？”冰川歪着头，似乎有点纳闷，“虽然这个提议是我说的，但我还是想问一下，如果真的把尸体埋在地下室里，你不会感到别扭吗？”

“当然会感觉不舒服。”我淡淡地说，“但是，怎么说呢，到了我这把年纪，在许多方面已经没那么多的讲究和拘束了。对于生与死这一类的问题，我已经很麻木了。当然，有许多人正好相反——那样的人应该更多一点。”

“但是……”

“怎么？你不相信我？”

“不，我不是这个意思。”

“我已经做了许多事，现在已然是个彻头彻尾的共犯了。”我直视着冰川的眼睛。“不用担心，我不会背叛你们的。因为我本来就想把自己这把老骨头也埋在这里。为了你们这帮年轻人，我愿意做守墓人。”

18

于是，我们这五个“共犯”动手把茉娜的尸体从大房间移到地下室。

在玄关大厅的正面深处，有个储藏室与厨房相邻，在储藏室最里面有通向地下室的楼梯。在我的带领下，几个年轻人扛着尸体，走下了楼梯。

这间地下室相当大，呈L形，从储藏室的正下方一直延伸到玄关大厅及大房间东侧三分之一的位置。这么大的房间，照明却只能依靠天花板上吊着的几个灯泡，即便把灯全都打开，还是有许多照不到的地方。

在我的指挥下，这帮年轻人把尸体放在地下室的L形拐角处。随后，他们开始战战兢兢地环视起昏暗的房间来。

地面是混凝土的毛坯，墙面上涂着灰色的砂浆，天花板很低，身材最高的木之内头都要碰到顶了。楼梯旁边摆放着洗衣机、干燥机，以及放置物品用的大架子，除此之外就没有一件像样的家具了。但幸运的是，为了修补前院的红砖小道，剩下了大量的红砖和水泥等。数量多到足够我们拆毁一堵墙，再把尸体埋进去了。

我默默地在房间里走了一会儿，考虑着该拆毁哪堵墙。几个年轻人屏住呼吸，一直看着我。过了片刻，冰川喊了声“鲇日大叔”。当时，我正朝地下室深处走去。听见声音，我回过头，看见冰川用手指着我这边。

“那是扇门吗？”

他指的那扇门在这个 L 形地下室的最深处。那是一扇黑色的木门，只能容一人通过。被他这么一问，我也一时间不知该如何回答。但很快我就轻轻地摇了摇头。

“那扇门没有任何意义。”

“要不要打开看看？”冰川依然满脸困惑。

我走到门前，抓住门把手。

“你看。”

打开一看，门的对面就是一堵暗灰色的墙。冰川直勾勾地看着，其他三个年轻人站在他身后。我向他们解释起来：“六年前，当我成为这里的管理员时，这扇门就是这样的。我也不明白，这里为什么会有一堵墙。”

我走到左侧的墙壁前，指了指，说：“就埋在这里吧。那边有铁镐，你们先来把这面墙给扒开。”

四个人一声不响地相互看看，很快，风间跳了出来说：“我来，让我干吧！”他把铁镐拿过来，脚步显得很沉重，看得出他平时不怎么干重活。

“这一块儿！”

我再次指向墙面，接着便从他身边离开了。“好的。”他低声嘟哝了一句，便抡起那没有用惯的工具。

然而，意料之外的事情发生了。风间抡起铁镐后失去了平衡，脚下一打滑，身体猛地撞在了里面的墙上。肩膀撞得不轻，他扔开铁镐，没出息地跪在地上。

“不要紧吧？”

我赶忙跑过去。风间揉着肩膀，轻轻地点了点头。

“腿脚不听使唤……”说着，他扶着墙（刚才那扇门对面的墙壁），准备站起来。就在那时，潮乎乎的地下室中传来“啊”的一声尖叫。

“怎么了，隼人？”

“出什么事了？”

原来是冰川叫的，他直盯着我和风间这一侧。

“那是什么？”他抬起右手，用食指直直地指着正准备站起来的风间的肩膀一带。我终于注意到了，在那面墙上，出现了一块红砖大小的窟窿。

“裕己，让开！”冰川走到墙边，我也靠了过去。

“是刚才撞出来的。”我说道。可冰川还是很纳闷，歪着头。

“但是，这个……”他猫着腰，窥视着窟窿里面的情形。“这里好像是砌上红砖后再涂的砂浆，刚才有块砖头掉了下来……欸？鲇田大叔，你快来看！”

“怎么了？”

“里面好像有个房间。”

“真的吗？”

冰川没有说话，把右胳膊伸进小窟窿里，一直伸到肩部附近，说明这堵墙里面有很大的空间。

“难道这堵墙是后来砌起来的？”

冰川将胳膊抽了出来。“好像是的。既然在你来之前就有了，搞不好是天羽博士本人……有手电筒吗？”

“喂，喂，隼人！”风间在一旁插嘴道，“不要管那么多了，先把尸体处理掉吧。”

“可还是要先查看一下里面的情况呀。”冰川不客气地顶了表弟一句，“如果里面真的有房间，那我们就不必重新挖墙了，直接把尸体放到里面就可以了，效率反而高得多不是吗。”

风间无话可说，只能闭上嘴。木之内和麻生站在远处看着这边，我回头冲他们说：“洗衣机上有手电筒，你们把它拿过来。”

“好、好的。”

麻生结结巴巴地答应着，急忙跑上楼去。过了一会儿，他拿着手电筒小跑回来。冰川接过手电筒，朝小窟窿里面照了起来。

“看得不是很清楚，但好像不是房间，而是个走廊——把这堵墙砸开吧。”说着，冰川将风间扔在地上的铁镐捡起来。他站稳脚跟，拿好铁镐，以免像风间那样白白吃苦。

用砂浆涂抹住的红砖并不很结实，冰川没费什么力气，就把那个小窟窿砸得更大了。又花了十五分钟，他砸出了一个可供人通过的小洞。冰川放下铁镐，再次掏出手电筒，调整了一下呼吸，回头看了看其他人。

“进去吧！”说完，他率先走了进去。我下定决心，跟了进去，剩下的三个人也胆战心惊地跟在后面。

冰川推测的没错，里面不是“房间”，而是“走廊”。不足一米宽的狭窄甬道一直延伸到黑暗深处。里面散发着难以形容的恶臭，不知是馊味还是发霉的味道。脚下有点湿，可能是地下水渗出来了。

靠着冰川手上的电筒的微弱灯光，我们慢慢地往前走着。

在前面几米远的地方，走廊朝右边拐了个大弯。冰川正准备拐过去时，突然惊叫起来："天哪！"声音回荡在犹如山洞般漆黑的空间里。

"怎么了？"

"出什么事了？"

后面的人喊了起来。我们围成一团，慢慢靠近冰川。他呆呆地站在拐角处，眼睛直勾勾地盯着前方。在手电筒的昏黄光线中，那个东西……

和冰川一样，风间、木之内，以及麻生也惊叫起来。

"这，这……"

风间拔腿就想跑，麻生则用两只手捂住了嘴巴。

"那是什么东西呀！"因为恐怖，木之内连声音都变了调，反复唠叨着一句话。

"太可怕、太可怕了……"

当时，我们看到了一个人的白骨，身上穿着蓝色罩衫，头上戴着红色贝雷帽。白骨保持着坐姿，身体靠在墙上，穿着蓝色牛仔裤的双腿耷拉在地上，脚边还有一个小型四足动物的白骨。

19

没想到在这里会看见白骨，大家顿时陷入慌乱之中。我用左手紧紧按住胸口，努力让自己平静下来，同时还设法去安慰那帮恐慌的年轻人。从最初的慌张中摆脱出来的冰川，反而显得比我更为沉着。

"你们到通道外面等着！"他冲着其他三个人喊道，"我们还是应该去查看一下前面的状况。”他转而对我说，“能和我一起过去吗？”

我无言地点点头，跟在他身后。

我们越过白骨，朝通道深处走去。走了一会儿，前面出现了一堵和周围完全相同的灰色墙壁。看来是走到了尽头。

“这上面大概是宅子的什么地方？”冰川走到墙壁边，回头问道。

我看了看低矮的天花板。“大概是前院的下面。”

“前院的下面？”冰川嘟哝着，拿手电筒照了照面前的墙壁，另一只手握成拳头状，轻轻敲了一下墙体。

“这恐怕也和刚才那堵墙一样，是后来砌上去的。”他自言自语着，却没有说要把墙砸开。“鲇田大叔，我们回去吧。我们还有许多事情要做。”

我们按原路返回，当再次走到白骨处时，冰川停了下来，问道：“看起来，这白骨的年代挺久远了。你怎么看？”

“你说得没错，确实有些年头了。但我对此毫不知情，这儿居然还藏着白骨……”

“你对白骨身上的衣服，有什么印象吗？”

“欸？”

“想想那幅画。”冰川平静地说，“就是那幅挂在大房间里的油画。画中的少女不就是穿着蓝色的罩衫，戴着红色的贝雷帽吗？”

“对哦！你这一提醒，我才想起来。”

“从白骨的大小来看，那应该是个孩子。脚底下的动物白骨，恐怕就是那幅画里趴在少女膝盖上的小猫。”

“原来如此，这么说……”

“如果是病死或者是事故死亡，没有必要将尸体藏起来。一定是有人杀死了她，然后为了掩人耳目，才将尸体藏在这里的，最后把入口也堵了起来。”

“杀死？难道是天羽博士……”

“有这种可能。我觉得这么想是很自然的事。那幅画中的女孩可能就是博士的女儿。但我不明白，博士为何要杀死自己的亲生女儿。”冰川背对着白骨，轻叹了一声。

“昨天晚上，木之内给死去的莱娜讲了个故事，说以前，在这个宅子里发生过可怕的事件。发疯的天羽博士杀害了妻子以及她宠爱的黑猫，还将她们埋在地下室的墙壁里，因此这里才被称为‘黑猫馆’。当然，这是那小子编的，他只是在开玩笑。大概他小的时候看了太多遍爱伦·坡的《黑猫》了吧。因此，刚才我们看见白骨的时候，数他最紧张了。我想，这条通道也许就是中村青司按照自己的喜好设计出来的。这是一条秘密的逃生之路。刚才我们走到尽头的那个墙壁背面，一定有通往前院的出口。那个出口处，肯定也被什么东西堵着。”

我的心情难以言表，紧盯着倚靠在墙壁上的少女的白骨。那黑洞洞的眼窝冲着我，仿佛在诉说这么多年来，一直被抛弃在黑暗中的寂寞和愤怒之情。我不禁闭上眼，将左手放在胸前。

“太可怜了，但也只能让她们待在这里。”冰川避开白骨，朝外走去，嘴里自言自语，“过去发生了什么，和我们无关。那种事情……”

最后，我们把椿本莱娜和少女的白骨一起封在了“秘密通道”中。正如冰川所说的，我们只能这样做，别无他法。

放进尸体后，我们五个人合力把墙体砌回了原样，扔掉了破碎的红砖，重新砌上新砖头，再涂上砂浆。那些年轻人从来没有干过这些活，所以我需要事无巨细地亲自指导他们。

直到下午六点多，经过一番折腾，我们总算干完活并离开了地下室。

四个年轻人显得疲惫不堪，但还不到休息的时候。我们还得把现场——那个大房间收拾干净，不能留下任何可疑的痕迹。

我让他们四个人把家具放回原来的位置，将房间的所有角落都打扫干净，头发、大麻丝什么的都不能留下。为防万一，还要把她可能摸过的东西都重新擦拭一下。不光是大房间，但凡她到过的地方，都要这样处理。

没有一个年轻人跳出来唱反调，全都老老实实地按照我的要求去做。我则把散落在大房间里的酒杯、烟灰缸，以及便携式冰盒拿去厨房清洗。

我决定把莱娜的衣物、行李等，都拿去焚烧炉里销毁。洗完相关物品后，我把她的那些玩意儿捆在一起，放进塑料袋中，独自走出了宅子。

我一手拿着袋子，一手撑着伞，在漆黑的夜色中穿过院子，朝焚烧炉走去。天气变得越来越糟，外面狂风呼啸，大雨倾盆，跟暴风雨相差无几。即便撑着伞也没有用，每走一步都很艰难，好不容易到了焚烧炉边，我觉得自己仿佛走了平常两倍的距离。

我从袋子里掏出莱娜留下的东西，扔进了焚烧炉，浇上汽油点着火之后，便向宅子走去。我打算明早再来，看看是否都烧干净了。

回去时，我听见森林里的鸟鸣声，竟然吓了一跳。站在那里，屏息往四周一瞧，无意中，看到了前方的那个老宅。淡白色的宅子浮现在夜色中，屋顶上观测风向的白铁皮“黑猫”疯狂地转个不停，就像是坏掉的指南针。

20

我回到老宅，看到有个人正在玄关大厅等我——是冰川隼人。大房间的清扫已经结束，他们正要到其他房间去擦拭指纹。

“鲇田大叔！”冰川郑重其事地出声叫住我，走了过来说道，“我想问您一件事。”

我掸着外套肩部和袖子上的雨滴，看着他。“什么事？”

“刚才我在地下室里发现了一个情况，想问问您。”

“到底是什么事？”

“在地下室的天花板一角，有个四方形的小孔。是正方形的，边长不到一米。”

“啊——你注意到那个了？”

“涂墙时无意发现的。要是能早点儿发现就好了。”

我很清楚他当时在想什么，要说什么。他想逃避罪责。

“在那个小孔的下方，沿着墙壁有个梯子，正好位于大房间的下面。说不定……”

“说不定也是那个建筑师设计的？”我抢在他前面说了出来。

“总之，我在想，那也许是一条通向大房间的秘密通道。”

“你说得没错。”

冰川点点头。“如果是这样的话……”

“我知道你想说什么。如果是这样的话，昨天晚上的凶手就不一定只限于你们四个人了。是这个意思吗？”

“是的。我就是这个意思。”冰川的眼神显得很恳切。

我很同情他，一边朝着大房间走去一边说：“跟我来，我让你看看那是什么机关。”

在房间入口的左首一角，大概是东南角的位置。我把冰川带到了这里，跪在地上，用手指着一块铺在地上的瓷砖，那个瓷砖边长约为四十厘米。这是一块贴在房屋角落里的瓷砖，大厅基本上铺的是红白相间的瓷砖，而这一块却是黑色的，正好起到点缀的作用。

“这块瓷砖就是所谓的‘钥匙’。能给我一个硬币吗？”

冰川从钱包里拿了枚硬币出来，递给了我。我把硬币塞到“钥匙”瓷砖和相邻的白瓷砖之间的缝隙里。用力一撬，黑瓷砖松动了。

“这块瓷砖很容易撬开。我是在清扫地面的时候发现的。”说着，我把那块瓷砖拿了起来。“余下的都撬不开，但是可以这样前后左右地移动。”

我把相邻的白瓷砖移动到刚才黑瓷砖所在的位置，再把一块红色的移动到了白色瓷砖空出来的位置上……

“你知道一个叫‘十五子’的拼字游戏吗？和那个游戏一样，这个区域的十六块瓷砖是可以这样自由移动的。”

我一个接一个地移动着瓷砖，很快就把与最初撬起的黑瓷砖成对角的一个黑瓷砖移开，之后，那下面露出一块木板，木板的中央有一个直径三厘米左右的圆形凹槽。

“这就是开启‘大门’的开关。”

我把食指伸进凹槽，里面有个金属制的小突起。轻轻按一下，咔嚓一声，开关被打开了，连同刚才那个瓷砖在内的四块正方形瓷砖，像一扇门一样缓缓地朝下开去。

“这就是你在地下室天花板上所看到的那个小孔。”我站了起来。

“果然有机关。”冰川嘟哝一声，猫着身子，看着小孔里面。

“看来，昨天晚上，这个房间的确不是完全封闭的。”

“很遗憾，你说得并不对。”我同情地看着这个一脸严肃的年轻人，摇了摇头说，“我早就知道这个小孔的存在了，但没有说。因为我觉得没有说的必要。”

“为什么？”冰川不安地问道。

“难道你还不明白吗？这扇‘门’只能从大房间打开，从地下室是打不开的。如果你不相信，可以爬下去检查一下。”

“怎么会……”冰川扶着眼镜，用无助的眼神看着地上开口处的黑洞。“那……”

“什么都没有改变。昨天杀死莱娜的凶手，还是限定在你们四个人之间。再考虑这件事也没什么意义，因为我们不可能由此排查出凶手。你就不要多想了，还是面对现实吧。”

“唉……”冰川一声叹息，像是在呻吟似的，直接跪在了地上，无力地垂下头。

就在此时——

“喂，等等！”

从玄关大厅处传来叫喊声，好像是风间在喊。

“喂，木之内晋，等等，你要去哪儿？！”

随后便传来异样的、语无伦次的大叫。那绝对不是正常人发出的声音——是木之内晋。

到底发生了什么事情？我赶忙冲出大房间。

风间从走廊上跑过来，麻生跟在后头。木之内晋背靠在门上，恐惧地看着我们。

“我讨厌这里！”他声嘶力竭地喊着，“我讨厌这个地方！讨厌！讨厌！”

“晋！”

“木之内君！”

“怎么了，木之内？”

“我讨厌、讨厌、讨——厌！”他根本听不进我们的话，就像一个失控的机器人似的，拼命地摇着头，尖声大叫着，“到处都是怪物。我刚才看见了。烂糊糊的、腐坏了的，但它还活着。那家伙抱着我的肩膀啊。真臭！帮帮我……真臭！这个臭味，腐败的臭味，烂糊糊的……”

我觉得他精神失常了。他完全丧失了自我意识，语速很快地吼叫着。接着，他又开始拍打起自己的身体来，像是要掸去身上的虫子。

“木之内君！”我正准备靠近，他却突然无神地看向天花板，像野兽一般悲鸣起来。他猛地打开大门，连滚带爬地冲到外面。

“等一下！”

“回来，木之内晋！”

木之内拼命地挥动着双臂，穿过前院。我们也顾不得衣服被雨淋湿，跟在他后面追了上去，总算在大门口追上了他。当时他匍匐在地，手脚不停地挥动着。

“你要挺住。”我把他抱了起来，看着他的脸，他的瞳孔已经放大，虹膜也微微颤动，嘴巴里不停地流出口水。

“吃……毒品了。”冰川跪在我旁边说，“他什么时候吃的……裕己！”

冰川回头看着表弟，风间则摇着头。

“我不知道。我们干活的时候，他消失了一会儿，后来就像疯子一样跑进沙龙室了，说什么有鬼。是吧，谦二郎？”

麻生什么也没说，低着头，木然地看着可怜的同伴。

“现在，依赖毒品可做不了好梦。”冰川随口说了一句，便抓起木之内的手腕。“先回去吧——鲇田大叔，能准备毛毯和热水吗？他身体冰凉……”

把几乎没有意识的木之内抬进房间，可比把莱娜的尸体扛到地下室要费劲得多。好不容易把他弄进沙龙室，让他坐了下来，冰川先拿毛巾帮他擦拭湿乎乎的身体，再把毛毯盖在他肩头。

“我能理解你的心情，但如果你现在乱来的话，我们此前的所有努力都将泡汤。”冰川像在哄一个不懂事的孩子。“懂吗？明白吗？”冰川反复说了几遍，木之内才安下心来，轻轻地点了点头。

看来，鬼怪袭来的幻觉消失了。

随后冰川冲我使了个眼色，走到走廊上。他因同伴的丑态毕露而向我道歉，然后提出了一个建议——把大门锁起来。

“除了插销锁之外，门的内侧还有一个钥匙孔。一旦上锁，如果没有钥匙，就不可能从里面将它打开。”

“好的。”

“厨房那边的后门呢？”

“也是同样的构造。”

“那把后门也锁起来吧……很有可能再次发生像刚才那样的事。今天晚上，最好不要让那帮小子出门。也许睡一个晚上，他们的情绪会稳定一些，在那之前，我们要采取一些措施。”

我没有理由反对。的确，如果再有谁跑出去，惹出新的麻烦来，可就更不好办了。

另外，几年前配的钥匙都丢了，现在手头上也只剩下一套了。我把这些平时不用的钥匙都找了出来，把前后门都上了锁。那时是晚上八点半左右。

“还是由我来保管这些钥匙比较好。如果裕己冲你发脾气，你就回他一句，说是钥匙被我拿走了。”冰川从我手中拿走了两把钥匙，紧紧地握在掌心里。“你放心吧，鲇田大叔，我们不会再给你添麻烦了。”他说得很坚决。“从今往后，直到死亡之前，我都不会再丧失理性了。请相信我！”

21

晚饭开始时，已经都晚上九点半多了。尽管一天没吃没喝，几个年轻人却还是没什么食欲，饭菜剩下了一大半（都是些简单饭菜）。

餐桌上的气氛很凝重，几乎让人透不过气来。没什么人开口，取而代之的则是一片叹息声。

吃完饭，木之内先站起来。我们警惕地看着他，但木之内只说了一句“我去睡觉”，便走了出去。他脸色苍白，像个奄奄一息的危重病人，长长的胡子，令本来就不宽的下巴显得更尖了。他晃晃悠悠地向前走着，像喝醉了酒一般。冰川连忙站了起来，跟在他身后。

过了片刻，冰川回来了。“我扶他上床了。”他向我们汇报着，“我想，刚才的事情应该不会再发生了。”

森林里动物们的嘈杂叫声传了进来。风间皱起眉头，愤恨地看向窗外。

“这叫声真难听，烦死人了。”

“这也没办法。”冰川夸张地耸耸肩。“动物的大脑里没有脑梁，无法体会到我们现在的心情。”他也许是想讲个笑话调节一下气氛吧，但风间和麻生似乎没听明白，没有任何反应。我不禁在心里苦笑起来。

我站起来，准备给他们倒杯咖啡，但风间却说要威士忌。麻生也说喝酒比喝咖啡更为过瘾。虽然我能理解他们的心情，但也怕如果喝多了，像刚才木之内那样发起疯来，我可吃不消。

“只能喝一点。”我又叮嘱了他们一次，走出了饭厅。

当我来到厨房，才发现放在与储藏室相邻的墙壁边的大冰箱坏掉了。

也不知道是何时、怎么坏掉的，至少昨天晚上，我给他们的威士忌里加冰块时，冰箱还在正常工作的。

打开冰箱门一看，冰箱冷冻室上的霜都化了，制冰器里面全是水。没办法，我把仅存的冰块捞出来，放在便携式冰盒中，和酒杯、酒瓶、水罐一起放在托盘上。

等我回到饭厅时，发现他们三人已经坐到沙龙室的沙发上去了，正交谈着什么。我把咖啡和酒给他们端过去后，坐到饭厅的桌前，听着他们的对话。

“幻觉的感觉是？这我哪记得住。”风间一边拿起便携式冰盒，将冰块直接倒入自己的酒杯里，一边嘟哝着。看来是冰川在提问。“现在说这些又有什么用？尸体已经被处理掉了，谁干的都一样。”

冰川平静地摇摇头说：“她是不是很像丽子？”

“丽子？嗯——有点像。”

“因此我在想，你昨天晚上是不是把她当成丽子了？”

“欸？”

“你每次喝醉不都会大喊大叫吗？说什么‘丽子，你去死吧’。当你处在幻觉的状态中，说不定就把想法付诸实施了。”

“你、你想说是我把莱娜杀了？”

“我可没想下结论，只是在分析每个人可能犯案的动机而已。”

“当时大家都一门心思争着抱她，还谈什么动机不动机的。而且，也是莱娜自己要求我们卡住她的脖子的。”风间的脸涨得通红，与表哥争辩着。而冰川的语调始终透着冷静。

“你说的也是事实，但即便如此，如果不是潜意识中怀有恨意，没人会下此狠手的，更别说把她掐死了。”

“如果你这么说，那恐怕就不止我一个人了。”风间瘦削的脸颊抽搐着，笑了起来。“当年，木之内和谦二郎不是也被丽子呼来唤去、随意摆布的吗？隼人，就说你吧，不是也和她睡过一两次吗？”

“但我并不恨她。”

“这谁知道。我觉得像你这样的人最可疑了。平时总是压抑自己，一旦吸了毒品，就会变得很可怕。”风间说完这些尖酸刻薄的话后，一口气将杯里的酒全喝了，然后又冲着始终一声不吭的麻生嚷嚷起来，“要说可疑，谦二郎你更可疑。”

“为、为什么？”麻生吓得一哆嗦，躲避着风间的目光，“我……”

“不如我来替你说吧，怎么样？隼人，你也了解他。”风间看着便携式冰盒里面，咋了咋舌。冰块已经没有了。他把便携式冰盒提了起来，反过来朝杯子摇了摇，同时狠狠地瞪着麻生。“你有很强的恋母情结。”

“谁、谁说的……”

“是丽子说的。她说你在床上喊她妈妈，她都快笑死了。”

虽然我坐在这里，看不见麻生的表情，但能想象得出：他现在肯定是满脸通红、咬牙切齿。

“但是不久前，你妈妈在医院病死了，对吧？听说她精神失常，在精神病院里待了很长时间。其实自暴自弃的不是莱娜，而是你。前天晚上，你不是一直叫着‘我想死、我想死’吗？”

麻生低下头，什么也没说。

“原来如此。”我在心里想着。昨天，冰川曾说麻生家出了许多事情，他指的就是这些事情吧？

“是这样吧，谦二郎？”风间不依不饶。“你是一个精神病人的儿子，所以你也有可能精神失常，去杀人的……”

“够了，裕己！”冰川看不下去了，指责起表弟来，“你说得太过分了。”

“怎么？现在想充好人了？这本来就是你挑起来的，哼！”风间大模大样地嗤笑起来。随后，他像是突然想起什么似的，说：“隼人，如果你真的想知道昨天晚上的事，我有个办法。”

“什么办法？”冰川怀疑地皱了皱眉。“你想说什么？”

“我竟然忘得一干二净。是吧，谦二郎？那东西放哪儿了？”

“到底是什么……”

“摄像机！摄像机呀。”

“昨天晚上，当你吃完摇头丸，云里雾中的时候，谦二郎用摄像机把你的光辉形象拍下来了。”

“是真的吗？”

冰川惊讶地叫起来，看向麻生，麻生默默地点了点头。当时我也非常吃惊。如果真有录像带的话，那可不能留下来，必须马上销毁。否则，我们辛辛苦苦地在各个房间里擦拭指纹的工作就没有任何意义了。

“你们把我吃完摇头丸后的场景拍下来了？为什么不早说！”

“也没完全拍下来。”麻生低声嘟哝着，“我们只放进去一盘时长三十分钟的带子……”

“赶快拿过来。你不是把它放在楼上的房间里了吗？”

风间大声命令着，麻生从沙发上站起来。他行动缓慢，重心不稳，就像个发条失灵的玩具一样。

麻生终于把摄像机拿来了，风间一把夺到手中，接到电视机上。我也从饭厅的桌子前站起来，走到两个房间的交界处，静静地看着沙龙室的这帮年轻人。不知什么时候开始，卡罗钻到我脚下，蹭着我轻轻地“喵”了一声。风间看到了卡罗，吓得缩成一团，他大概是想到地下室里的那个猫的白骨了。

很快，电视机上就有画面出现了。

那是昨天晚上大房间里的场景。房间中央有个躺椅，摄像机是从躺椅侧面捕捉镜头的。一丝不挂的莱娜躺在上面，趴在她身体上的是一个同样赤裸的男人。那不是别人，正是冰川隼人。淫荡不堪的喘息声与疯狂的笑声交织在一起……

画面突然消失了。冰川从风间手里夺过了摄像机，拔掉了连接线。

“你干什么？”

风间瞪大了眼睛，冰川却根本不理他，直接从摄像机中取出录像带，将胶带拽了出来，用力撕扯着。此时，他内心到底是充满了屈辱感还是其他的情感呢，我无从得知。

“鲇田先生……”冰川的表情冷酷，似乎有些硬撑的感觉，他向位于饭厅与沙龙室之间的我走来，将破损的八毫米录像带递给了我，说道，“交给你吧，这可是不能留的东西。明早就拿出去烧了吧……”

我和卡罗一起回寝室时已经接近午夜零点了。年轻人也各自回房间去了。

第六章
一九九〇年七月・札幌至钏路

1

生物学家天羽辰也在二十年前委托中村青司设计、修建了自己的别墅——黑猫馆。去年，在那间宅子里发生了凶杀案。为了揭开谜团，鹿谷门实和江南孝明前往北海道。这是七月五日星期四的事。

五天前，他们在横滨拜访过神代教授之后，鹿谷当时就想动身离开东京。之所以拖到现在，主要是考虑到江南的工作安排。

和其他职业相比，编辑的工作要自由得多，但他毕竟还是上班族；况且处理要件，调整计划等也要花费一些工夫。每到这个时候，江南就非常怀念大学时代无所事事，仅靠打麻将来排遣无聊的时光。

七月五日下午，两人直飞札幌。他们准备在去阿寒湖之前先去H 大学，寻找认识天羽博士的相关人士，打听一下相关情报。

当然，他们也将自己的安排告诉了鲇田冬马。本来他打算一同前往，但前天却突然感到身体不适。医生要让他静养几天。于是，鹿谷门实和江南孝明只得先动身前往札幌，如果鲇田的身体恢复了，两天后，他们三人将在钏路会合。

“我有几件事情必须向你汇报，江南君。这两三天里，我又搜集到了不少新情报，及一些让人感兴趣的事。”

“我也查到了一件事。”

“那你先说。”

“和我同期入社的人中，有个非常喜欢音乐的同事，他在大学里也组过摇滚乐队，工作后还在各处的录音棚跑来跑去。我抱着试一试的心态，问他认不认识手记中提到的‘塞壬’乐队，他竟然说，自己曾在录音棚里碰到过他们一次。”

“这算是个收获。”

“他说去年春天，在吉祥寺的一家店里看到过他们。他还记得，那个女主唱就叫丽子。”

“其他成员的名字呢？”

“抱歉，他没记住……”

在羽田到千岁的飞机上，鹿谷和江南聊了起来。由于江南忙着处理工作，他们已经三天没有碰头了。

“我调查了一下那个住在埼玉的、名叫风间的不动产主，发现确有其人。”

“找到他儿子所在的大学了吗？”

“找到了，稍微费了点工夫。”

“那你简单跟我讲一下。”

“我编了个适当的理由，打电话到学校去，却没人理我。也许是最近以学生为目标的恶意推销太多的缘故吧。”

“其实被骗的学生本身也有责任。”

“哎呀，说说看。”

“我上大学的时候就被骗过，买了本价格昂贵的英语对话教材。”江南如实说着。那是他二十岁时，上大学二年级的事情。当时，他被推销员的笑容和游说给蒙骗了，现在回想起来，他都恨不得猛敲自己的头。

“谁都会有不愉快的回忆的。”鹿谷苦笑着，眉毛皱成八字形。“后来，我实在没有办法，只好动用了一点人际关系。”

“M 大学里有你认识的人？”

“你还记得我那个在福冈研究犯罪心理学的哥哥吗？”

“记得啊，他是叫勉吧？”

“对！我哥哥的朋友在那里教语言学，我也见过他。”

“你认识的人可真够多的。”

“是我哥认识的人多。”鹿谷皱了下鼻子。

“你就拜托那个老师去帮你调查了？”

“是的。他人很好，什么也没多问就爽快地答应了。”

“事情终于弄清楚了。去年，风间裕己是商学部二年级的学生，他入学前在社会上晃荡了一年。上大学后，他又因学分没有修够而留了一级，多读了一年二年级的课程。他父母家在大宫市，到去年为止，他的父亲的确是做不动产生意的。”

“到去年为止……难道说，他父亲现在不干那一行了？”

“是的。”

“你和他们联系了吗？”

“没有。就算我想联系，也联系不上。”

江南没有明白鹿谷的意思，歪着头。鹿谷斜着眼睛看看他。

“去年年底，风间裕己死于事故。不光是裕己，他的双亲，还有一个妹妹，一家四口全死了，好像是遇到了交通事故。他们一家四口乘坐的轿车与货车迎面相撞。”

这个消息来得太突然了，江南半天没有接话，下意识地去胸口的口袋里掏烟，摸了一会儿才想起来，他刚才就把最后一支烟抽完了。

“恐怕调查鲇田身世的警察，也是因为这个原因没能继续查下去吧。”

鹿谷挠着自己的尖下巴，江南趁势问他：“那风间家的别墅被如何处理了？”

“那别墅是私人财产。按照常理，应该交给有继承权的亲属。”

“这么说，冰川隼人的父母有可能继承那栋别墅喽……”

“很有可能。”

在那本手记中，冰川称呼风间裕己的爸爸为“舅舅”，这么说来，冰川的妈妈就很可能是风间的爸爸的姐妹。

“你调查冰川了吗？”

“当然。”鹿谷回答道，“他是T大理学部的研究生，专业是形态学。我自称是他的朋友，直接把电话打到生物系的研究室去了。”

“出了什么问题吗？”

“在T大的研究生中，的确有个叫冰川隼人的。但不巧的是，他去年就去美国留学了。”

“你这么一说，那本手记中似乎提到了，冰川曾透露过这个想法。”

“听说是在佐治亚大学。但接电话的人并不知道其具体的联系方式。后来，他把冰川家的电话号码告诉我了，这是昨天晚上的事情。”

“接着你就打到他家去了？”

“是的。昨晚我一连打了好几次电话，却都没有人接。今天早晨，我又打了一次，是他们家的用人接的。这次，我自称是研究室的助教，问了许多问题。”

“你还挺机灵的——没和他妈妈说上话吗？”

“那个用人说，他妈妈无法来接电话，当时我想他家一定出了什么事，正忙得不可开交呢吧？后来才知道，不是那么回事。”

“怎么回事？”

“他妈妈的确无法接电话。她无法使用电话，好像是个聋哑人。”

“原来是这样。”

“听那个用人讲，自从去年秋天到美国以后，冰川至今还一次也没回来过。”

“这么说，他不知道风间一家遇难的事喽？”

“是的。我也觉得纳闷，就问了一下，据用人说，冰川到了美国后，先住在一个公寓里，但很快就换了地方，搬家后，他也没有把新的地址和电话告诉家人。因此，去年年底，风间一家出事的时候，冰川的家人根本无法通知到他。”

“也没和美国的大学取得联系吗？”

“因为语言不通，好像并没有联系。”

“他们不应该那么轻易地就放弃吧。不知道儿子的下落，他们难道不担心吗？”

“当年我家老爷子说过一句话——没消息就是好消息。因此一年半载没有儿子的消息，他也不会太担心的。冰川家的情况和我们家还不太一样。怎么说呢，亲情比较淡薄。冰川的爸爸工作非常繁忙，几乎不回家，而他的妈妈又神经衰弱，非常担心自己的儿子。冰川从小就不怎么依恋父母。从小到大，他都把父母当成反面典型去看待。他所在的就是这样一个家庭。”

“原来如此。”

江南在脑子里想象着那个素未谋面，比自己小一两岁的年轻人的长相，不禁叹息起来。

“总之，我们也得和他妈妈见个面，等我们完成这次旅行之后再说吧。”

风间裕已出车祸死了，冰川隼人也联系不上。还剩下的两个人——麻生谦二郎和木之内晋，可这两个人却又无从查找……看来，直接找到黑猫馆本体，才是揭开谜团的最佳途径。

“另外，我还获得了一个关于天羽博士的有趣的情报。”鹿谷继续说，“这是昨天晚上的事情。我们前几天见过的那个叫浩世的女孩给我打来了电话。”

“浩世？是神代教授的孙女吧？”

“是的。那天，我们走了以后，神代教授又想起天羽博士曾经说过的一句话，浩世打电话来，就是想告诉我一声。”

鹿谷停顿了片刻，看向窗外，江南也随着他的视线看了出去。飞机在距地面一万米的高空上航行，舷窗上微微映衬出两人并排而坐的身影。

“我是住在镜子世界里的人。”鹿谷直勾勾地看着舷窗，嘀咕了一声。

“镜子世界……”

“天羽博士曾对神代教授讲过这样的话。”

“那是什么意思？”

“听浩世说，神代教授似乎明白这句话的含义，但却故意不告诉她。也许他觉得给我这个推理作家留个谜题很有趣，希望我来揭开谜底吧？”

“那个教授倒像是会这样做的人。”

“还有一件事。二十年前，当别墅竣工的时候，天羽博士不是给神代教授寄过明信片，邀请他去参观吗？那个明信片找到了，是浩世在书房里翻箱倒柜找出来的。”

“真的吗？那么……”

“我让她在电话里告诉我黑猫馆的地址，但那个别墅好像位于森林中，连门牌号码都没有。我很想亲眼看看那张明信片，但昨天她打电话来的时候已经很晚了。我让她发个快递，争取在后天，把那个明信片送到我们在钏路预定的酒店里。”

“有崇拜你的读者就是好呀。”江南半开玩笑地说着，但鹿谷没有任何反应，紧锁眉头，将双手放到脑后，深深地陷进椅背里。

“我的汇报到此为止。”

2

下午五点前，江南他们抵达了千岁机场。虽说已是傍晚，但太阳还高挂于空中。东京还处在梅雨期，恐怕今天也会是个阴沉而潮湿的天气，而此处却晴空万里，令人心旷神怡。

“北海道真好呀。”鹿谷抬头看着天空，感慨万千，“当我还是个孩子的时候，这里就是我向往的地方了。我真的好想在这里住上一段时间。”

“我还是第一次听你这么说呢。有什么特别的理由吗？”

“嗯，有一点。”

“因为这里没有梅雨吗？”

其实江南也觉得北海道不错。但对于在九州出生、长大的他来说，这儿的寒冬想来是忍受不了的，所以他从来也没有想过到北海道居住的事。鹿谷用鼻子“哼”了一下。

“这里的确没有台风和梅雨，但这些不是主要原因，重要的是这里没有那些让人恶心的东西。”

“那些让人恶心的东西，是什么东西呀？”

“还能有什么，蟑螂呀！”鹿谷顺口就说了出来。看他那副表情，仿佛说出“蟑螂”这两个字都让他感到污秽不已。

“怎么，鹿谷君，你也讨厌蟑螂？当然，没有人喜欢的。”

“没有比蟑螂更邪恶的东西了。它就像这个国度的政治家们，肮脏、傲慢、贪得无厌；就像那些中午聚集在茶馆里的老妇人们，不知廉耻、自私自利……哎呀，随便想想都觉得不舒服。而且，江南君，”鹿谷一本正经地说着，眉毛不停地抖动，“每次，那些蟑螂被逼到死角的时候，都会冲着我的脸直飞过来。”

“原来如此。”

江南从来都不知道，鹿谷居然还有害怕蟑螂的弱点。他想到一个恶作剧——下次把乔治·A．罗梅罗的电影《鬼作秀》（*Creepshow*）放给他看看。江南费了半天劲儿，才忍着没有笑出来。

乘坐高速大巴，从千岁机场到札幌市区大约花了一个多小时。他们在大道公园旁边的酒店办完入住手续后，就跑到酒店的咖啡厅去吃晚餐。

江南觉得难得来一次北海道，便提议找家正宗的地方菜馆，尝尝当地美味的特色菜，但鹿谷却没有任何行动，只是一味地含糊其辞：“好呀，行。”他那个状态，肯定是在专注地思考问题。那本来就不怎么和善的面孔，现在显得更加严肃了。虽然江南比较了解他，知道他的脾性，但还是有点顾忌。如果一味地拉他出去，说不定会惹他生气——“我们又不是来旅行的！”——结果，江南终究没有把鹿谷拉出酒店。鹿谷似乎压根儿就没能理解江南的想法，一声不吭地把“北海道通心面”吃完了。

“对了，江南君。”鹿谷一直紧锁的眉头突然舒展开了，说：“我忘记跟你说了。昨天，那个女孩——浩世还和我讲了另外一件事。”

“什么事？”

“你知道中村青司设计的钟表馆吗？神代教授让浩世转告我们，如果想认识钟表馆现在的主人，他可以代为介绍。”

“钟表馆？就是在镰仓的那个钟表馆吗？”江南下意识地将手伸入裤子口袋，摸了摸心爱的怀表。鹿谷则显得很平静。

“当然，就是那个钟表馆。”

“现在的主人……不就是古峨伦典的妹妹嘛。古峨伦典现在好像住在墨尔本吧。”

“对了，古峨伦典的妹妹叫足立辉美。”

鹿谷点了点头，将加了很多牛奶的咖啡一饮而尽。

“你可能记不得了。之所以古峨伦典会委托中村青司设计房屋，而后者又欣然接受，是因为足立辉美的丈夫与中村青司的恩师认识，他们之间有这么一层人际关系。”

“原来是这样。那你所说的恩师，莫非就是神代教授？”

“好像是的。最近，我越来越觉得这个世界太小了。”

鹿谷眯缝着凹陷的眼睛，淡淡地笑着。他看上去很疲劳。和以前相比，最近经常看见他满脸倦容。作家这个职业可不轻松呀，还是他上了年纪的缘故？

算起来，鹿谷今年也四十一岁了，但是他从来没有谈到过结婚的事情，也从来没有听说他有女朋友。那些尖酸刻薄的同行甚至谣传他是个同性恋，但江南却不这么认为（至少江南从来没有感到有什么人身危险）。

他打算独身吗——想到这里，江南打住思绪，回到了当前的问题上。听说那个天羽博士也一直独身，难道有什么特别的理由吗？

江南把自己的想法说了出来。“怎么？”鹿谷扬了扬眉毛。“你还没想出来？”他反问了一句。

“那天，这个问题不是你提出来的吗？你还记得当时神代教授的回答吗？”

“啊——对，我记得，就是中村青司在电话里对神代教授讲的话？”

“对，他说天羽博士就是个‘道奇森’。”

看见江南歪着头，百思不得其解的样子，鹿谷咧嘴笑了一下。

“怎么？你不明白什么意思？”

“是的。”

“弄不懂也没办法，这两三天内我就会告诉你的。现在，我也需要先整理一下思路。”

3

第二天，七月六日上午，两个人离开酒店，直奔 H 大学。

虽然事前稍微调查了一下，但是校园太大了，他们颇费一番工夫才找到要去的地方。然后在校园里晃悠了半个多小时，才终于来到了理学部生物系的研究大楼。那是一栋古老的红砖建筑，也许是冬天的雪会覆盖住房屋的缘故，不管是大学里面还是街道上，所有的建筑物墙壁的颜色都发黄了。

暑假就要到了，校园里学生的数量比预想的要少得多。

在研究大楼入口处，鹿谷拦住一个学生，向他打听进化论研究室的位置。光说进化论研究室，对方也弄不清楚，最后告诉他们：一楼是教室，二楼以上则是各系的研究室。

两人直奔二楼，敲开房门，试着向那里的大学生以及研究生们打听天羽博士的事情，但似乎没有人听说过天羽博士的名字。直到第七个房间，才总算得到了他们期待的答复。

“我听说过这个名字，我还读过他的论文呢。”不紧不慢说着话的是一个头发蓬松，三十岁左右助教似的男人。

“天羽辰也……是什么时候在这里当副教授的？”

“具体情况我也不知道，但应该是二十年前吧，后来因为什么原因辞职了。”听完鹿谷的话，那个男子歪着头，思索着。

“他大概多大？”

“六十多了吧。”

“研究的专业是？”

“听说是研究进化论的。”

“是吗？进化论？那应该是动物学方面的学者。”

那个男子嘟哝着，又沉思起来，很快，他显得有点过意不去似的说道：“我也不太清楚。但我的确在什么地方听过，或是看过他的论文。”

“学校里有没有认识天羽博士的教授？”

“这……这几年，老教授们一个接一个地退休了……啊，对了，橘老师还在呢。要是橘老师的话，也许会知道。”

“橘老师？”

“是的，确切地说是橘教授。办公室在上面一层的尽头。橘教授今天应该来上班了。”

“我们这么突然地去拜访，不会惹人不高兴吧？”

“没关系的。在我们这个系，橘教授可以说是最和蔼可亲的老师了——对了，为谨慎起见，我还是打个电话，先帮你们问问吧。”

“太感谢了。”

男子查阅了内线号码后，拿起电话拨了起来。橘老师好像就在研究室里，并且很爽快地答应了我们的请求。

“说是在办公室里等你们。”放下电话，男子心满意足地笑了笑。“橘老师好像很了解天羽教授的事情。”

回应鹿谷他们敲门声的，是一个温文尔雅的女性声音。刚开始，江南还以为是研究室的办事员，后来看到大门上的牌子，才明白那就是橘老师本人。

橘照子教授——原来是个女学者。

“哎呀！您是推理作家？真是稀客。”接过鹿谷的名片，橘教授天真地笑起来，一点儿都没有老教授的样子。“快请坐，那位先生也请坐。我给你们倒杯茶。”

她是个一头白发的老妇人，个头不高，身材瘦削，穿着一件略显肥大的白衣，坐在茶色的皮椅上，微笑地看着他们。那副神情让人觉得她不是个大学老师，倒像个和蔼可亲的女医生。

“听说你们想打听天羽老师的事情，是吗？”她利落地倒好茶，坐在两人对面。“刚才楼下的泽田君打来电话，突然提到那个故人的名字，还真是让人大吃一惊。”泽田好像就是刚才那个男人的名字。“我已经好多年没听到过天羽老师的名字了。”

“天羽博士在这里待到了什么时候呀？”鹿谷直截了当地问道。

橘老师戴着一副银边眼镜，小眼睛不停地眨着。“已经是十几年前的事了——哎呀，茶趁热喝吧，这是前不久，嫁到京都的女儿给我带来的礼物。”

“谢谢。”

“对了，作为推理作家的你为什么要打听天羽老师的事情呢？难道说是在搜集小说素材？”

“嗯，是的，就算是吧。”

“好像是发生了什么事吧？”橘老师端着茶杯，注视着二人。虽然她依然和蔼地笑着，但目光却显得非常敏锐。

鹿谷觉得和她打交道，不能隐瞒太多，便将自己来到这里的前后经过大致地说明了一下，只是没有涉及那本手记中的“敏感”内容。

“……以前，我就对中村青司这个建筑师比较感兴趣，因此想尽可能地去看看那个别墅。因为别墅在阿寒，所以我们就顺道来下这边，想看看还有没有认识天羽博士的人在。就是这样。”

“丧失记忆？那挺痛苦的。”橘老师点了点头，“今天，鲇田冬马先生来了没有？”

“本来我们是要一块儿来札幌的，但他突然生病了。”

“你们还要去阿寒吧？”

“是的。我们明天去钏路，在那里和鲇田先生会合，后天开始寻找别墅——对了，教授，您知道天羽博士的那间别墅吗，就是叫‘黑猫馆’的那个？”

“我不知道别墅的名字，但以前倒是听说他在阿寒盖了栋别墅。”

“是二十年前吗？”

“是的，就是那个时候。当时因为学生运动的缘故，大学里一团糟。”

鹿谷将茶杯里的茶喝完，稍微坐得正了些。

“因此，我们想尽量详细地打听一下天羽博士的情况。即便我这个写东西的人，也对他很感兴趣。”

“你说要详细了解，但那可是很多年前的事情了。”橘老师摇摇头，似乎对自己的记忆力没有信心。“还是你们来问吧，那样我反而容易回想起来。”

“那我们就问了……首先是——天羽博士是什么时候到这所大学来的？”

“这个……当时我还是助教，应该是三十年前吧。”

“也就是一九六〇年前后了？”鹿谷从防寒夹克服的口袋里掏出笔记本，一边做记录，一边继续问，“听说他是副教授，和您是一个专业的吗？”

“不是的。我们专业不同。但是从学科分类的角度而言，我们是相邻专业。”

“他留学回国后，就直接到这所大学来了？”

“是的，他在澳大利亚的塔斯马尼亚大学待了两三年。他比我还小几岁，刚刚三十就当上副教授了。”

“在研究领域，他算是优秀的人才吗？”

“何止是优秀，简直就是个天才。但正因为那样，反而招致恶果——被学术界所孤立。”

“被认为是异端邪说？”

“可以这么说吧。他也不擅长和人打交道。其实他不应该做学者，更适合去做个艺术家。他本人好像对社会上的荣誉、地位这些东西没什么兴趣……对了，他喜欢画画，经常在自己的房间里作画。”

“是在大学的办公室里吗？”

“是的。他可是一个怪人，看上去很有男子气概，在女学生当中似乎也颇有人缘。”也许是心理作用吧，讲到这里，橘老师的声音有点含糊。

“教授，您和博士的私交很好吧？”

“因为我们是同乡，所以跟其他人比起来，交往更容易些。”

“同乡……我听说博士的老家是钏路。”

“对呀，我的家乡也是钏路呀。他经常跟我讲他留学时候的事情，还会开车送我回家。他喜欢喝酒，有时也拉着我去。有些人胡乱造谣，说我们是那种关系。”老教授闭上眼睛，似乎沉浸在对往日岁月的无限留恋与回忆中。

“听说他一直单身，是吗？”

“是的。就我所知，他一直单身。”讲到这里，橘老师的声调又发生了一点变化。她继续说下去：“怎么说呢？天羽老师好像对女性没什么兴趣。”

鹿谷轻声哼了几下，看起来正在回味橘老师所说的话的含义。随后，他又慢条斯理地提出了下一个问题。

“您知道他曾经收养了妹妹的女儿吗？”

“你说的是理沙子吧？”橘老师随口说出了人名。

“您见过她？”

“天羽老师经常把她带到大学里来。那是个可爱的孩子，不爱说话，不是活泼开朗的那种类型。天羽老师非常疼爱她。”

“您了解她母亲的情况吗？”

“只见过一次。”

“在什么地方？”

“她自己开了一个酒吧，天羽老师带我去过。”

“她是个什么样的人？”

“这……我记得不是很清楚了。漂亮，或者说有点像小恶魔，反正就是那种感觉。”

“听说她生下理沙子后就死了。”

“是的。那个时候，天羽老师整天唉声叹气的。那是他唯一的亲人。”

“后来他为什么辞职了呀？听说是出了一些问题……”

“那件事……”橘老师的表情变得凝重起来，欲言又止。她叹了口气，又说了起来：“他喝多了，惹出点麻烦。天羽老师借着酒劲顶撞了上司，好像还打了他。大白天的，在学校里打人，本来在学校里就被看作怪人的天羽老师，这下更是没人站出来替他说话了。结果……”

“原来是这样。那是什么时候的事？”

“十几年前了吧。”

“离开大学后，天羽博士又干了些什么，您知道吗？”

“好像在札幌待了段时间。”

“听说他破产了，是真的吗？”

“我也是那么听说的。他偷偷离开札幌，像潜逃一样。”橘老师垂下眼睛。“从某种意义上讲，他是个单纯的人。说得难听点，就是不谙世事。对于钱，也是满不在乎……如果他真的破产了，那肯定是被人骗了。”

“您对博士现在的动向一无所知吗？”

“是的。我只是听说过一些传言，说他自杀了什么的，那都是些不负责任的谣言。最近就再没有人提起过了。”

“理沙子呢？她的情况，您知道些什么吗？”

“她……”

橘老师又沉默了好长时间。对她而言，关于天羽博士的事情是越来越不好开口了。

“在天羽老师离开大学的前几年，她突然失踪了，是和天羽老师一起出去旅行时，在外地失踪的……天羽老师到处寻找，结果还是没有找到。自从出了这件事情后，他就很消沉，大白天的就开始喝酒了。”

“那时——就是理沙子失踪的时候，她多大岁数？”

“快上中学了，应该是十二岁左右吧。”

这可是关键性的问题。鲇田冬马的手记里提到的白骨究竟是谁？如果橘老师所讲的没有差错的话，那就很有可能是失踪多年的理沙子的……

鹿谷合上笔记本，用细圆珠笔的尾端顶着下颚，独自在一边点头。橘老师看着他，很快，他又抬起头来。

“耽误您这么久，非常不好意思。最后，还想再问一个问题。”

“你看起来就像是电视剧里的侦探。”橘老师觉得有趣，笑了起来。“不用客气。我很快就要退休了，偶尔有这样刺激的对话，也可以延缓衰老嘛。”

“您能这样说，我就放心了，连我自己都觉得这些问题太唐突了。”

“没有，没有，我没觉得。”

“那就好。最后一个问题——我一开始就和您提到过神代教授，就是天羽博士的大学朋友，他告诉我们，博士经常说‘我是住在镜子里的人’。不知道您有没有听说过这句话？”

“住在镜子里的人……”橘老师压低声音，嘴巴里反复念叨着这句话。“想起来了，我听他说过好几回。”

“这句话是什么意思，您知道吗？”

“不知道。我曾经问过博士好几次，他都笑而不答，有意岔开了。但是，有一次，他稍微……”

“告诉您了？”

“他没有直接回答我的问题。讲的是另一方面的事情，但过后我一想，觉得很有玄机呢。”

鹿谷以微妙的表情注视着橘老师，她继续说道：“天羽老师啊，说起过自己的身体特征——内脏全反位，你听过吧？不仅是心脏，全部的内脏器官位置都左右颠倒——天羽老师生下来身体就是这个样子。”

内脏全反位！

原来如此，是这个样子啊，江南顿时明白了。内脏的位置与正常人的完全相反，这样的身体，怪不得要自称是住在镜子里的人了（可以说是某种意义上的告白吧）。

“你们还没吃午饭吧？”橘老师站起身来问道，“这附近有家好吃的寿司店，方便的话一起去吧。这位推理作家先生，吃饭时多讲讲你工作上的事情吧。”

4

他们在橘老师推荐的寿司店里吃了很长时间的饭，之后又在她的建议下，拜访了另外几个研究室，向知情者打听了一下天羽博士的情况。但是并没有多少收获，也就两点值得注意。其一是作为副教授时，天羽博士的工作状态。

大家都说，天羽博士经常把画具拿进办公室，由此就可以想象，在这个大学里，他算不上对研究和教学上心的人。缺课的情况很多，很少列席教授会议，对讨论会的学生放任自流，似乎也不怎么专注自己的科研，尤其是后几年，他几乎没有研究成果。寒暑假前后的停课多得惊人，据说最过分的一年，他竟然从十月中旬就开始停课，一直到第二年的二月上旬都没有来学校。有人说他那副样子，即使不发生那起喝酒打人的事件，恐怕也会受到相应的处分。

另一个，就是关于博士破产的相关情况。

当他还在大学任教时，就向许多人借了钱，等到被解聘的时候，早已经负债累累，无力偿还了。说他像潜逃一般离开这里的传言也并非完全空穴来风。如果这些传言属实，他在阿寒的别墅自然就卖给债主了，几经转手，落到了不动产业主风间的手中。

忙到傍晚时分，江南他们才回到酒店。

鹿谷和昨晚判若两人，显得精力充沛，似乎很想到外面喝上几杯。但江南今天疲惫不堪，怎么也打不起精神。仅仅半天时间，和几十个素昧平生的人见面，还都是些不熟悉的研究室的学生和学者，虽然基本上都是鹿谷在说，但他也在跟着思考、推测。江南觉得自己的肩膀和脖子酸疼无比，胃也不太舒服。

此时，他无意间想到了四年前的“十角馆事件”。当时，他和鹿谷两个人像侦探一样，在各处跑来跑去。现在他还记得，那时的自己被很强烈的徒劳感以及自我厌恶感折磨着……当时和现在的情况不同，但他依然痛感自己肯定当不成名侦探。不，自己连福尔摩斯的助手——华生那样的角色也没资格当好。

“事情已经很有眉目了。”在昨天那间咖啡厅里，鹿谷吃完“北海多利亚”[①]后，兴致高昂地说了起来，“能碰见橘老师真是我们的

①原文为Doria，源自法语，原指一种由西红柿、鸡蛋及黄瓜制成的法式料理，而在日本则是指大正年间，由横滨酒店“Hotel Newgrand”的初代厨师长所发明的一道料理，将奶汁烤菜混合白酱汁、米饭，放入烤箱中烹制而成。

幸运。你说呢，江南君？”

“是呀。”江南有意识地伸一伸腰，想振作一下精神。“当我听说天羽博士患有内脏全反位症的时候，真的大吃一惊。”

“是的，通常也叫右心症。说得通俗点就是心脏在右边，其实其他的器官也是左右颠倒的。当然，也有的人只是心脏长在右边，但那样就会产生许多问题。”

“如果全部器官都颠倒了，反而对健康没有影响吗？”

“我是这么听说的。很多人都是在学校体检中才发现自己有这种症状的。”鹿谷从烟盒里掏出今天的第一支，也是最后一支烟，接着说，“他竟然将自己的身体畸形用‘我是生活在镜子里的人’这样的话表现出来，这说明天羽博士与其他学者相比，更适合做一个文学家或者画家。有空的话，我一定要看看他写的论文。”

“橘老师还提到了他养女失踪的事。”

“是呀。可惜的就是不知道确切的年份。但我以他们的话为依据，计算了一下时间，制作出这样一个表格，你看看。”说着，鹿谷打开笔记，在其中的一页上，有一个与天羽博士有关的简易年表：

一九四七年	进入T大学。
	与神代一起参加了同人杂志社的活动。
一九五七年？	去塔斯马尼亚大学留学。
一九六〇年？	成为H大学的副教授。
一九六四年？	理沙子出生。
	妹妹去世。
	将理沙子收为养女。
一九七〇年	在阿寒建起黑猫馆。

一九七六年？　理沙子（十二岁）失踪。

一九七八年　　离开H大学。

一九八二年？　破产。下落不明。

“通过这个年表，可以大致想象出过去发生在天羽博士周围的一些事情。如果允许臆测的话，凭这个年表，我可以说明当时他在考虑什么，曾经产生过什么样的冲动等。”

“是吧。”

江南无精打采地附和着。鹿谷则继续说下去：

“我们可以暂且把鲇田手记中出现的白骨假定为失踪的理沙子。十几年前，她死于黑猫馆，尸体被藏匿于地下室的甬道中。从这一点来分析，可以认定那是一起他杀事件。而且，正如手记中冰川隼人所分析的那样，凶手很有可能就是理沙子的养父、别墅的主人——天羽辰也本人。”

“是的，你说得有道理。”

“但博士为什么要亲手杀死自己疼爱有加的养女呢？你考虑过这个问题没有，江南君？”

“这个嘛……”

“虽然有点主观臆断，但我还是得出了一个结论。橘老师不是用微妙的语气说过，博士对女性不感兴趣吗？而且，中村青司也说过他是‘道奇森’。怎么，还没明白过来？”

“是的，我还是不太明白。”

“哎呀，是吗？”

鹿谷叼上烟，点上火，有滋有味地抽起来。他拿起放在桌边的黑色活页本，里面是那本手记的复印件。

江南也有一份复印件，原件则还给了鲇田本人。鹿谷没有再说什么，神情严肃地翻开活页本。

“你能告诉我结论吗？”

江南表现出不满，鹿谷则露出一丝苦笑。

“你自己再好好考虑一下。我也有许多想不明白的地方，尤其是这本手记中的内容，我是越看越觉得纳闷。”鹿谷从衬衫的口袋里掏出红色签字笔，在手记的复印件上写着什么。江南则无聊地撑着胳膊，看着鹿谷。

“对了，”很快，鹿谷又抬起头说，“刚才我给鲇田老人打了个电话，听说他的身体已经恢复了。他说只要明天没有大雾影响，晚上之前就可以乘飞机赶到钏路的酒店。”

“明天一大早就要出发？”

“是的，我想在傍晚前赶到。在那里还需要调查几件事——今天晚上要早点儿休息。”

5

第二天，他们乘坐的是途经石胜线的特快列车“天空号”。

虽然昨天很早就上床了，但由于精神极度亢奋，江南怎么也睡不着，一直到了上火车的时候，他还睡眼惺忪的。鹿谷好像也一样，不停地揉着眼睛打哈欠。从札幌到钏路五个小时不到的旅途中，两个人都没有交谈，只是在摇晃的车厢里呼呼大睡。下午三点前，他们抵达钏路。与东京相比，札幌的气候就已经很舒服了，而钏路这边则更为凉快，路上的行人大多穿着长袖衬衫。听说在这里，即便是盛夏，最高气温的平均值也不会超过二十度。薄雾弥漫下的城市让人感受到别样的风情，仿佛整座城市都渗透出淡淡的水汽。

刚到酒店，鹿谷就马不停蹄地开始行动了。

他先从前台借来两本钏路市的电话簿，一本是按字母排序的，一本是按行业排序的，随后便坐在大厅的沙发上翻阅起来。但是，他好像没有找到自己想要的电话号码。过了一会儿，他叹一口气，将电话本随手往旁边一扔，看看发呆的江南。

“在那本手记的开篇，好像提到了足立秀秋吧？”

“是的。他是不动产业主风间在这里的代理人。”

“是呀。我觉得，在天羽博士转卖别墅的时候，他大概就已经在当地从事房屋买卖的生意了。如果是那样的话，他本人就很有可能住在钏路市内。我天真地认为，只要查查这里的电话簿，说不定就能发现他的线索。”

“电话簿上没有他的号码吗？”

“很遗憾，没有。”

鹿谷把电话簿还了回去，顺便和酒店的工作人员东拉西扯起来。江南坐在沙发上，看着放在大厅里供客人浏览的观光图，鹿谷他们的交谈声时不时地传进他耳朵里。

“你见过 UFO 吗？”

“欸……没有。”

“听说这一两年，有不少人看见 UFO 了呢。”

“是吗……我没怎么听说。”

“那你知道阿伊努族和失踪大陆的关系吗？”

“这……”

“算了算了，你不知道也没什么。”

“哎呀，真是抱歉了。”

“你见过熊吗？”

“在动物园里见过几次。”

“难道不会在钏路市内出现吗？没有出现过，是吧？”

“是的。这边怎么可能有熊，山村里倒是会有熊出没。”

“明白了，真是非常感谢。”

鹿谷回到江南身边，坐在沙发上，一脸严肃地抄起双手。

江南问他，刚才为什么要打听那些事情，可鹿谷却一言不发，噘着嘴，摇摇头，似乎在说——别烦我。突然，鹿谷一把夺过江南摊开在膝盖上的观光地图，指着上面某一点，说道：“这就是那个监狱遗址。你看。在那本手记里，冰川隼人向鲇田老人提到过。”

江南顺着他手指的方向看过去，那是个叫“塘路湖”的细长湖泊。它位于钏路市东北，广阔的钏路草原东侧。

“这上面不是写着‘乡土馆’嘛。其实啊，这过去是北海道集治监狱钏路分监狱的主建筑，据说是网走看守所的前身。”

“原来如此。”

“看来离这里还挺远，得坐半小时的火车，再步行十分钟。如果有时间的话，我倒是想去看一看。”鹿谷把地图还给江南，嘟哝一声，站起身来说，“鲇田老人还要过一会儿才能到，那我先去办点事儿。”

“去哪儿？”

“先要到租车点预约车子，然后打电话到警察局，问问去年发生在阿寒的凶杀案，再就是去趟书店——这附近好像有大型书店来着。”

“书店？你要买地图？”

“不是，交通地图我早就准备好了。我想买稍微专业一点的书籍，偶尔也得学习学习。”

鲇田冬马顺利地到达钏路。

他到了酒店的时候，江南正在一楼休息室里喝着红茶，重新翻阅手记的复印件。当他用眼角余光看到一个老人走进大厅时，马上就断定那是鲇田。他穿着茶色的裤子和外套，头上戴着茶色的无檐帽，右手拄着拐棍，正慢腾腾地朝前台走去。

江南站起来，朝老人走了过去。“辛苦了！”他打了声招呼。鲇田老人回过头，看见是江南，顿时显得很开心。

“总算到了。”他声音沙哑地说着。

“您身体没事了吧？”

“只是得了热伤风。唉，我的身体抵抗力都下降了啊。不过现在基本上好了。”说完，他笑了起来，满脸皱纹。与前几天在新宿酒店里相比，他明显露出疲惫之色。住了几个月的医院，又出了这么一趟远门，他肯定是累坏了。

“对于这个城市，感觉如何？有没有想起点什么？”

鲇田拉了一下遮住左眼的眼罩，嘟囔道：“是呀。我觉得挺熟悉的，过去肯定来过这里……”

“在札幌，我们获得了许多与天羽博士有关的情报。那个别墅肯定在阿寒。”

“是吗？”

“明天，我们就租辆车去那里。别墅的大概位置我们也弄清了。那天，我们离开酒店之后，您还是什么都没有想起来吗？”

“是的。”老人点点头，一脸惆怅的样子。“脑子里时不时会闪出一些片段，但怎么也抓不住，想不起来。”

“明天肯定会有进展的。”

江南虽然微笑着，心里却突然苦闷起来。

明天会有进展的——那些进展是这个满身创伤的老人所希望知道的吗？说不定，对他而言，就这样忘掉过去反倒是幸福的。江南没有什么确凿的理由，只是下意识地有这种感觉。

等到鹿谷从外面回来，三个人一起吃了晚饭。虽然鲇田老人坚持说自己没事，但他的身体好像还没有完全康复，晚饭后，就早早地回房间休息了。

明天预定是上午九点半出发，在火车上可不能像今天这样呼呼大睡了，因此江南和鹿谷也要早点儿睡觉。

“有样东西给你看看，等会儿到我房间里来。”

鲇田老人走后，鹿谷冲江南说道。两人先各自回房间淋浴，洗完澡后，江南来到隔壁鹿谷的房间。当时，瘦高的鹿谷正躺在床上，心不在焉地看着电视。

“今天可是星期六呀。”鹿谷说，“我想看《乌贼天》，但那个电视剧太晚了。”他拿起遥控器，来回换着频道。虽说这里不是东京，但仍能收到不少电视节目。

江南看见桌子上随意地放着一本书。

“这是今天买的？”

从书名和包装来看，好像是动物学方面的书籍。

“你说那本书？”鹿谷欠起身子，用两手的食指按了按凹陷的眼窝。“确实学到不少……”

“警察的答复如何？你不是给他们打电话了吗？”

“不行！”鹿谷微微地耸一耸肩说，“警察说我唐突地问那些问题，他们无法回答，还问我是谁。结果根本一无所获。哎呀，就是有些那样的警察，和政治家差不多，搞不清自己几斤几两。”

“你没把大分县的老哥抬出来？”

鹿谷有两个哥哥。一个是研究犯罪心理学的长兄，还有一个是大分县搜查一课的警官，江南和他见过几次。

“那也太无聊了，我没提。”说完，鹿谷轻声叹了口气。

上高中的时候，江南曾经因为驾驶摩托超速被警察逮住过。当时，警察的态度不可一世，骄横得让人想破口大骂。一想到这里，他就非常能体谅鹿谷了。鹿谷也曾经说过，即便是警察，也是林林总总且鱼龙混杂的。

“你不是说有样东西给我看吗？”

鹿谷从桌子上拿过一封信。“今天到达酒店的时候，我从前台拿到的。本来想早一点给你看，但你容易把事情表现在脸上。”说着，他打开信封，将里面的东西掏出来。原来是一张发黄的明信片。

“是浩世寄过来的吧？这就是当年天羽博士寄给神代教授的明信片？”

“是的。”

鹿谷点点头，扫了一眼明信片上的文字。他让江南坐下来，自己则坐在床铺另一端，郑重其事地说：“江南君，你在看手记的时候就没有纳闷过吗？当鲇田老人得知几个年轻人害死莱娜后，为什么会乖乖地听从冰川的意见，不去报告警察呢？”

“那是因为鲇田曾默许他们吸毒，害怕这件事情暴露后给自己带来麻烦。”

“手记中是这么写的，也符合常理。但你就没有觉得，他内心其实很矛盾吗？”

“这倒是。”

“还有就是，他在尸体面前表现出的冷静态度。把脉，根据尸体的僵硬程度就能毫不费事地推断出死亡时间……”

“你的意思是……他处理得太专业了？”

“没错。还有，当冰川提出将尸体藏匿在地下室的时候，他也不怎么反对。这也让我不能理解。当他决定支持那个提议的时候，‘这种处理方法有着显而易见的好处’，笔记里是这么记述的。但到底是什么好处呢？”

江南不知如何作答。

鹿谷瞥了一眼电视里的新闻节目，缓缓地将明信片放回信封内。

“总之，你先看看吧。这是一封普通的明信片，文字也没什么特别，但是却包含着今天我所提出的疑问的答案。”

6

七月八日，星期天的早晨。

鹿谷门实、江南孝明，以及鲇田冬马，三个人开着车前往阿寒。他们租了辆马力强劲、四轮驱动的灰色“海拉克斯”（Hilux Surf）。鹿谷开车，鲇田坐副驾驶席，江南坐在后排。

钏路的街道一大早起就大雾弥漫，连前方几米远的行人都看不清。鹿谷打开车前的黄色雾灯，慢悠悠地穿过街道，沿着二四〇国道朝阿寒开去。离开市区后，浓雾逐渐散去，车子的速度也上来了。进入阿寒市后，鹿谷好几次停车向当地人问路，却没有一个人知道别墅的确切位置。直到路过一个旧电器店的时候，里面的老板才为他们提供了有价值的情报。过去为了修理电器，他曾经去过那栋位于森林深处的宅邸。

“竟然会有人把房子建在那么偏僻的森林里，还真是奇怪啊，似乎还是札幌的什么大学老师。”

“是不是叫天羽呀？”鹿谷问道。

对方歪着头回答道：“那我就想不起来了，应该是很久之前的事了。对了，那里还有一个小女孩。”

“后来，你没有再去过吗？”

“我记得好像没有再去过。”

“直到去年，有个叫鲇田的人在那里当管理员，你认识吗？这位就是那个管理员……他出了点事故，想不起来过去的事情了。”鹿谷指了指坐在旁边的鲇田老人。旧电器店的老板歪着头打量着他。

“是吗？我还以为现在那里没有人居住了。”

“你听说过足立秀秋这个名字吗？”

“没听说过。”

“前段时间，那个宅子里有人死了。你知道吗？”

“不知道。”

旧电器店老板凭着当年的记忆，给他们画了一幅通往别墅的路线图。鹿谷道谢后，将地图交给鲇田老人，开车出发了。

中途路过派出所的时候，鹿谷连车子都没有停。也许昨天给警察打电话的遭遇，让他很长时间里都不愿再与他们打交道了。

离开阿寒市，他们沿着被当地人称为“球藻国道”的大路，朝北奔向阿寒湖。按照旧电器店老板画的图，他们向西拐进一条小路，后来又左拐右绕的，进入了繁茂的云杉林中。道路状况随之变得恶劣了，全是简易的土路。

将近中午的时候，他们三个人总算到达了那间宅子面前。

第七章
鲇田冬马的笔记・其四

22

八月四日，星期五的早晨。

起床时的不快感比前一天更甚。虽然我还是记不清自己做了什么梦，但是那梦中的情形不难想象。

椿本莱娜苍白如纸的面容，缠绕在她细脖子上如血般鲜红的围巾，于地下室的幽暗中瞪着我的那黑洞洞的白骨眼窝，还有那白骨旁边的猫的尸骨……即便那件事已经过去一个多月之后，这些场景还不断浮现在我眼前，久久不肯离去。侧耳倾听，我似乎能听到从地下传来的少女寂寞的抽泣声以及猫的哀号声。

这样一来，我反倒庆幸自己不记得梦中的内容了。如果像别的正常人一样，能记住梦中的情形，那我每天晚上都会害怕去睡的，或许又会变得像年轻时那样，被失眠所折磨。

从某种意义上讲，我的这种想法或许很可悲。我曾经向往过“梦中的世界”，但现在，这种念头早就没有了。我不得不承认，自己已经无法再向往那“梦中的世界”了，心灵也早已空虚。即便那时没有发生那件事，我的这种变化恐怕也是必然的。这就是抛弃现实世界，反过来又被现实世界所抛弃的人的宿命吧！

言归正传。

还是说说八月四日早晨的事情吧。

前一晚还是没有睡好，早晨一起来，发现整张脸惨不忍睹。当我睡眼惺忪地站在洗脸池的镜子前，看见自己这副模样的时候，竟然怀疑那不是自己的脸。眼皮肿得很高，似乎里面含着水，脸颊消瘦，仿佛被人割去了一块肉似的，嘴唇发黑，皱纹也增加了不少。

仿佛一晚就老了十岁。我慢腾腾地洗着脸，又看了一眼镜中自己衰老的样子，长叹一声。对了，我想起来了，当自己在镜子一角看见跟着我进来的黑猫卡罗的时候，竟然紧张得浑身僵硬。

当我抱起卡罗，准备走出浴室的时候，突然意识到有水流淌的声音。我没有忘记关水龙头。在我房间正上方的二楼浴室，好像有人在使用冷水或热水。当时，我一点儿也没有产生怀疑。

早晨九点半左右，我走出寝室，来到沙龙室。不料那里已经坐着一个年轻人了，他无精打采地看着没有声音的电视画面——是木之内晋。

“啊……你早。”木之内看见我，不知所措地避开了我的视线，从胸口的口袋里掏出圆形镜片的墨镜。

“你现在的情绪稳定点儿了吗？”

我走进屋内。那个年轻人不好意思正视我。

“昨天……非常对不起。”他嘟哝着，“我……”

“过去的事情就不要再想了，不要太介意。”

年轻人垂头丧气，我看着他长发披散的头顶。

“这次回家后，就忘掉这里发生的事情吧。时间会让人淡忘一切的。”

“明白。”

他听话地点点头，拿起放在桌子上的一个杯子，将里面剩下的水一口喝完。看着木之内微微颤抖的双手，我在心里想象着昨天他在幻觉里所看到的“妖怪”的狰狞模样。

当木之内将水杯放回去时，不小心碰到了桌边的便携式冰盒。被碰飞的冰盒滚落到地上，里面的水把红白相间的地砖打湿了。木之内急忙从沙发上站起来，拾起冰盒。

“对不起。”他温顺地向我道歉。

“反正不是地毯，没关系的。”我安慰了他一句，便走出了沙龙室。

我去厨房拿拖把的时候，顺便到玄关大厅检查了一下昨晚上锁的大门——没有异常情况。就在此时，冰川隼人从二楼下来了。

“早上好。”冰川心平气和地打着招呼，脸上的疲惫神情却一目了然。他戴着金丝眼镜，细长眼睛的周围隐约有黑眼圈，让人看着有些心疼。

“木之内君在沙龙室。”我离开大门，冲他说着，“看起来情绪已经稳定，不用担心他会像昨天那样了——我去冲杯咖啡，你也来一杯吗？”

“谢谢。”说着，冰川在裤子口袋里摸索起来，掏出昨天晚上他暂时保管的两把钥匙。“这个，还给你。”他将钥匙递到我手中。“该怎么说呢？我们真的给你添了不少麻烦……”

“就当什么也没发生过吧。刚才，我也是对木之内这么说的——

过去的事情就不要再想了。”我用左手拿起一把钥匙，再次走到玄关大门处。我太想呼吸一下外面的新鲜空气了。

夜里，低气压好像移走了，天气逐渐恢复，连绵的云层也已散开，太阳升起来了。阳光普照在地面上，反射的光白晃晃的，很是刺眼。我伸了个懒腰，将两手高高举起，深吸一口气，想要将心中沉积的浊气一吐而空。

上午十点半，风间裕已来到沙龙室。他和另外两人一样，显得很憔悴。但他比较麻木，不要说冰川了，状态就连木之内和麻生都不如。一看见我，就嚷嚷着肚子饿了，要吃饭。

“谦二郎还在睡呀？”风间看着墙上的钟说，“把他叫起来，木之内！”

木之内正心不在焉地抽着烟，听到风间的话，他歪着头，说了句：“奇怪。我还以为那小子早就起来了。”

“为什么？”

“因为我听见他冲澡的声音了。”

“什么？”

“我听见他在冲澡。”

“是吗？”

“今天早晨起来，我想去厕所，听见里面有淋浴的声音。我叫了几声，他也不答应。我还以为他正在冲澡，没听见呢……没办法，正好冰川起床了，我就到他那边去上厕所了。”木之内看看冰川，戴着金丝眼镜的年轻人默默地点点头。“所以，他应该起床了。”

我洗脸时听到的声响，也许就是他冲澡时的水声。

我是九点半在沙龙室看见木之内的，那之前的几分钟，我在洗脸。从时间上来讲，木之内的话是可信的。

“他不会洗完澡又去睡了吧？”风间生硬地说着，瞪着天花板。“把他叫起来，木之内！”

“好的，我这就去。”

木之内懒洋洋地站起来，走出沙龙室。风间坐到他的位置上，从木之内放在桌上的烟盒里抽出一支烟，叼进嘴里。他无聊地挠挠长发，斜眼看着一声不吭、喝着咖啡的表哥。

“隼人！”风间想试探一下对方的心情，主动挑话道，“昨天晚上，我想了一下。”

“什么？”冰川冷冷地问道。

风间的口气更加柔和了。“我们总是认为，我们四个人当中的某人杀死了那个女人，我觉得不应该认可这种想法。”

“我不懂你的意思。”

“那件事错不在我们，而在那个女人身上。那不是凶杀，是事故，懂吗？事故！责任在她。你说对吗？”

“干吗现在说这样的话？”冰川皱了皱细长的眉毛，充血的眼睛里透出一丝冷笑。

“不管怎样解释，反正她已经死了。虽然没必要说她是自杀，但那也不是我们的责任……”

就在那时，木之内跑进沙龙室。墨镜滑落到鼻尖，他都来不及去扶一下，便大口地喘着气说：“事情太奇怪了！”

“什么事？”风间阴沉着脸，瞪着眼睛问，“是谦二郎吗？还在睡？”

“不、不是的。”木之内拼命地摇着头说，“淋浴间的水声还在响着，门被反锁了。无论我怎么喊，都没有人回答。我去他的房间也看过了，里面也没有人。”

我看了下时钟，已经十一点了。如果木之内没有胡说，那事情可就蹊跷了。他怎么会一个人在浴室里待这么久……

“去看看吧。”冰川站起来，催促着正在愣神儿的风间。“鲇田大叔，你也一起去吧？”

23

麻生的房间在楼梯上去右首一侧最深处，处于建筑物东南方的位置，下面就是我在一楼的寝室。对面的屋子——楼梯上去靠左一侧——是风间的房间。木之内和冰川的房间靠外，与那两个房间以浴室相隔（参照“黑猫馆平面图”）。我们先冲进走廊右侧靠楼梯的木之内房间里，然后直奔浴室门口。那是一扇黑色的木门，把手是黄铜制的，圆形，没有钥匙孔，只能从里面上锁。

门紧闭着。淋浴的水声哗哗直响，清晰可闻。

“麻生！”冰川敲着门，喊着他的名字，“麻生，你在吗？”

“谦二郎！”站在旁边的风间也跟着喊起来，“喂，谦二郎！”

没有任何回应，只能听见水声。

冰川再次用力拧把手，但还是打不开门——里面锁上了。

“到隔壁去看看。”冰川急急忙忙地走出房间，我们三个人跟在后头。

麻生的房间也没什么异常情况。大门的正面和左侧各有一扇窗户，都拉着窗帘，后来我自己检查过，这两扇窗户上方的拉窗也关得严严实实的。灯还开着，刚才木之内进来的时候就是这样。

“他的房间门没上锁吗？”我问木之内。戴着墨镜的年轻人无言地点点头，冰川随后就朝浴室门跑过去了。

和隔壁一样，这边的浴室门也被锁死了，打不开。冰川又叫了几声，里面还是没有反应。

为谨慎起见，冰川又打开浴室门右边的盥洗室门，看看里面，也没发现异常情况。我站在旁边，想着打开浴室门的办法。很快就发现，只剩下一个办法，那就是彻底把门砸开。当时，我有意识地检查了一下房门的状态，发现门和门框之间没有一丝空隙——哪怕是零点几毫米的线头也穿不过去。没有钥匙孔，门把手也难以轻易卸下。站在房间里看，浴室门是朝外开的，铰链安装在浴室那一侧，所以也无法将整个门板拆下来。隔壁那个房间的浴室门也是这样。

“用身体撞开！”冰川提议道。

“门上只有一个简易锁，说不定能行。裕己，你来帮我。鲇田大叔，你往后退。”冰川打个手势，两人一起用肩部撞向浴室门。但是里面的锁比冰川预想的要结实，撞了三四次也没什么动静。我想与其这样撞，还不如到地下室拿把柴刀或斧头来。我刚想这么说，两个人的努力就产生效果了。

传来一声钝响，好像门上的锈钉被扯出来了，门也朝后倒下去。里面传出来的水声比刚才更大了。冰川揉着右肩，朝门里一看，突然“啊”地叫了一声。

“啊，麻生……”

当时我已经明白浴室里发生了什么。不管是胆战心惊地走到冰川身后的风间，还是站在房间里观察动静的木之内肯定也明白是怎么回事了。

“谦二郎！”风间低声喊着，声音颤抖，“你怎么了……”

我跟在他们身后，走了进去。当时，我便有意识地查看了门的状态。

门锁的构造很简单，只要把安装在门框上的黄铜插销插到门上的插口里，就可以锁上了。由于冰川和风间的撞击，固定用的木螺纹已经半脱落出来，整个插口垂挂在门内侧。

我之所以会特意观察这些配件上是否有人为动过的痕迹，是因为当时我就对这种“密室状况”（门从里面被锁上）产生了怀疑。据我观察，无论是插销还是插口，都没有可疑的痕迹。门和门框也是一样，没有任何疑点——比如上面缠绕着线头，配件表面有新的擦痕，插销或插口上带着蜡烛或烟灰什么的……而且，我还确认了隔壁房间的那扇门，也没有发现疑点。再加上在我之前，冲入浴室的风间和冰川也没有趁我不备，在两扇门上搞什么小动作。这些我都可以负责地断言。

对于浴室的“密闭性”，后来我又做了许多调查，这里暂且不表，后面再叙。

这间浴室是长方形的，没有窗户，地上和墙壁上贴着红白相间的瓷砖，入口左边的内里有个黑色浴缸。浴缸下面有四个支脚，显得古色古香。麻生谦二郎就站在浴缸里面。不，准确地说，不是“站”在那里，但至少刚开始，我觉得是那样的。

他穿着浅茶色的睡衣，脑袋无力地耷拉着，两个手臂垂挂在那里。从淋浴喷头中放出的凉水（不是热水）犹如瓢泼大雨，将他稍向前倾的身体浇得透湿。水花飞溅到洗脸池、坐便器，以及门口附近。

先冲入房间的冰川和麻生在昏黄灯光的映照下，在狭窄房间的中央相互倚靠着，看着再也不能说话的同伴。我推开他俩，不顾水花溅湿衣服，走到浴缸旁边。

麻生不是“站”在那里，因为他不是依靠自己的脚支撑着体重的，而是整个身体被吊了起来……

现场图

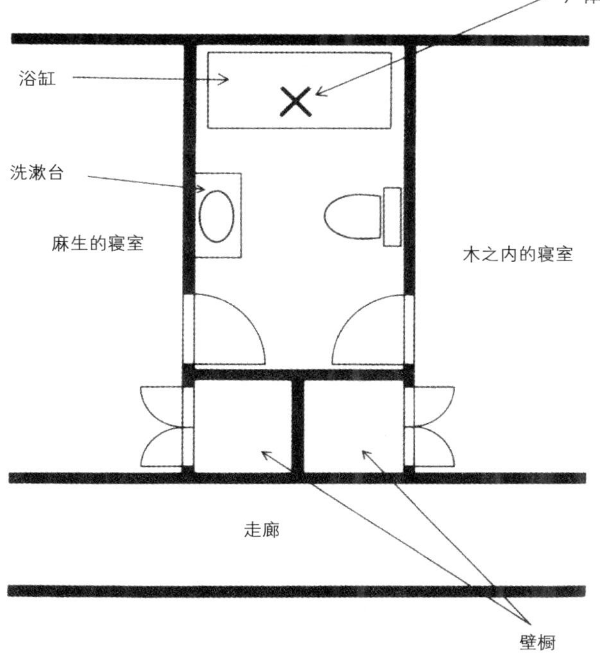

“他上吊了。”风间回过头看着最后一个进来并发出悲鸣的木之内，说道，“他自杀了。”

麻生死了。我用左手按着胸口，努力让自己平静下来，同时观察着吊在面前的尸体。

勒在麻生喉咙上的是黑塑料线，好像是八毫米摄像机及电视机上的连接线。连接线的一端被固定在淋浴帘布的竿子上，那根竿子距地面有两米多，上吊足够了，但是浴缸里头的麻生并没有被完全悬吊起来，脚尖碰到了浴缸底部。膝盖稍微弯曲，就像踮着脚。

从专业角度来讲，吊死分为两种形式：所有体重都作用在绳索上的形式，用专业术语说，叫“定型式吊死”；其他情况好像叫“非定型式吊死”。麻生上吊的状态显然属于后者。他的脸肿胀得发紫，很明显，这是因为连接身体和头部的动脉没有完全闭塞所造成的瘀血现象。

身后的风间喉咙突然响了一下，他转过身，冲着洗脸池，两手按住胃部，吐了起来。他呕吐的声音和呕吐物的恶臭，让人觉得心里发闷，我实在忍受不了，只好退了出去。

“管理员大叔。”先退出浴室的木之内喊住我，“那儿，有张纸条。”说着，他冲床边的桌子上扬了扬下颚。他手里拿着一张纸条，说：“是那小子——谦二郎写的。是遗书。”

“是吗？”我接过对折的纸条，打开一看，是张横行的白色信纸。“啊，这个……”我只看了一眼便明白了。“这的确是他的……”

用黑色圆珠笔写在上面的字，我依稀有些印象。方方正正的字体，乍一看还以为不是手写的呢——这与我昨天偶然从录影带上瞅到的字迹相同。

不想再隐瞒下去了。

我的脑子已经变得很奇怪了。

昨天晚上，是我把那个女人杀掉的。

现在还记忆犹新。

给大家添麻烦了，感觉心里很过意不去，请原谅我吧。

24

简单说明一下此后的情况。

麻生谦二郎从一开始，就知道杀死椿本莱娜的凶手不是别人，正是自己。他当时也服用了致幻性毒品，杀人的意识有多清楚，无从知晓，但是麻生本人肯定记得是他自己杀了人。昨天，大家对此事件发表意见的时候，他并没有说出来。因为其他三个人的记忆都很模糊，他也想浑水摸鱼。但是昨天晚上，他为自己犯下的罪行深感痛苦且难以解脱，最终选择了自杀……

以上的解释是剩下的三个年轻人商议后得出的结论。他们当然会这样解释，这太正常不过了。我也不想提出异议。作为旁观者，他们神情的微妙变化都被我看得清清楚楚。可以这么说：对于同伴的自杀，他们虽然很悲痛，同时也感到庆幸，因为杀人凶手不是自己。

接下来他们必须讨论的就是要不要把麻生自杀的事情通知警察。我加入到他们的讨论中，与他们一起商议万全之策。

与前几天莱娜的猝死不同，麻生自杀的事情是纸包不住火的。众所周知，他和乐队的伙伴来这里旅游。如果自作聪明秘而不宣的话，反而会引起怀疑。

与其那样，倒不如把涉及莱娜猝死的“遗书”处理掉，其他的原封不动，然后通知警察——这就是我们最后达成的一致意见。

就说麻生在旅行地自杀了。虽然没有留下遗书，但大家都知道他为什么自杀。不久前，他母亲去世了，从小便依恋母亲的麻生变得情绪低落。他精神受到很大的刺激，来到这里后，一有什么事，就含沙射影地说要自杀。如果我们所有人都统一口径，警察也会相信的。而且，死亡现场的浴室也的确处于封闭状态。他在那里面上吊死了，正常考虑也只能是自杀。

就这样办吧。

我把那封遗书连同昨天晚上冰川交给我的录像带一起拿到后院的焚烧炉销毁了，然后又让这些年轻人对了一遍口供，明确什么该说，什么不该说，最后才通知警方。

接到报警，赶到老宅的警察根据现场情况以及我们四个人的证词，很快就得出了“自杀”的结论——快得有些超出我们的预想。

法医对尸体进行了解剖，同样认定是自杀（大致死亡时间是四日凌晨的一点到四点）。警察也没有去地下室，这让我们悬着的一颗心终于落地了。几天后，其他三个年轻人便顺顺利利地回家了。

25

关于前面提及的浴室“封闭性”问题，我想再补充说明一下。

无论怎样考虑，麻生的自杀现场都是处于封闭状态的。浴室两侧的门都从里面锁住了，又没有窗户。我知道那个浴室里没有所谓的秘密通道。如果说能与外界空气接触的，就只有天花板上的小换气扇和地上的排水口。

对于这两处地方，我也确认过了。

换气口通过天花板上面通到建筑物南侧墙体的管子与外面相通。为了加速空气对流，换气口附近还有电动鼓风机。当我们发现麻生尸体的时候，那个鼓风机还在运转着。另外鼓风机的开关和电灯开关都在洗脸池的旁边。

排水口位于浴缸前，上面覆盖着网眼很细的铁丝罩。由于老化，这个罩子的边缘都生锈了，不用螺丝刀拧是取不下来的。我试着卸了下来，但要想原样装上去就不容易了。

那两扇门的状况和前面记录的一样。门锁以及锁周围没有什么可疑的痕迹，门和门框之间也没有任何空隙。后来，我又进行了更加细致的观察和实验，再次证明这两扇门是没有被动过手脚的。我反复确认了上述地方，究竟想证明什么，这不言自明。

麻生谦二郎是有意自杀的。一切仿佛都在说明这一点——自杀动机和遗书，以及封闭的自杀现场。但我却觉得另有蹊跷，觉得还有其他可能——他也许是被人杀死的。我是这么想的。不，或许更应该说我不得不这么想。

围绕着浴室的“封闭性状态”，我再三思索，终于有了一个明确的答案。但是我不想把这个结论告诉任何人，我觉得也没有这个必要。已经过去了一个月，黑猫馆又恢复了往日的宁静，但我的想法没有改变。而且，今后如果没有什么大的变动，我会永远保密的。

像椿本莱娜那样的女人不会再到这里来了。

麻生谦二郎也因为个人原因自杀了。

这就是一九八九年八月发生在黑猫馆的事件。到此为止，这也是最好的结局。

第八章
一九九〇年七月·阿寒

1

狂风把庭院里的树木刮得哗哗作响。笼罩在周围的大雾已经散去，转眼间，南边天空正中的太阳就变得耀眼起来。

“好了，我们进去吧。”

鹿谷高声说着，朝阳光普照下的黑猫馆玄关走去。江南看了一眼屋顶上嘎嘎直响、不断改变方向的风向标，然后和鲇田老人一起跟在他的后面。

不出江南所料，玄关的大门上着锁。鹿谷用两只手抓住把手，又推又拉折腾了半天，大门仍纹丝不动。他转身来对江南他们说道：“我去车上把工具拿来。”说完，便朝别墅外跑去。

登上几层台阶就是玄关门廊，江南他们站在那里等鹿谷。鲇田老人一言不发，敲着右手的拐杖，同时，看着灰白色的大门以及左侧镶着彩色玻璃的窗户。江南心情复杂地问道："你想起什么来了吗？"

老人默不作声，只是轻轻地摇着头。

很快，鹿谷就把修车用的工具抱来了。花了十五分钟，他终于把门撬开了。

"好了。"鹿谷得意地嘟囔了一声，用手背拭去额头上的汗珠，率先走了进去。屋子里比江南预想的还要破败，可以说是个"废弃的屋子"了。铺着红白相间瓷砖的地面满是灰尘，到处都是蜘蛛网，由此可见，这里已经很长时间没人住过了。

他们来到玄关大厅。外面的太阳光透过彩色玻璃窗照射进来，与屋内昏暗的光线交织在一起，烘托出一种玄妙的静谧感和透明感。三个人推开大门走了进去。

鹿谷走到中间，环视了大厅一番，然后抄着手站在那里，喉咙里发出狗一样的哼哼声。江南则在面前的墙壁上找到电源开关，按了一下，但是灯没有亮。看起来不是灯泡坏了，而是房屋根本就没有通电。

正面内里有一扇淡白色的大门，也许那就是通向储藏室的大门吧？左首前方，有白色扶手的楼梯通往二层……江南也和鹿谷一样，抄着手环视昏暗的屋子，脑子里回想着鲇田老人的手记中有关玄关大厅的描写。

就在那时，他们听到吱嘎一声的门响，鲇田老人正在推开入口左边的白色房门。看见鲇田老人走进去，鹿谷赶忙追了过去，江南也急忙跟在后头。

他们来到天花板很高的大房间。相当于二楼高度的回廊，三面围绕着这个长方形的房间。回廊下面有许多家具（装饰架、躺椅等），上面蒙着白布。阳光透过墙上的彩色玻璃照射进来，变幻成多重色彩，令这里比隔壁的玄关大厅更显光怪陆离。

鲇田老人走到大房间的中央，慢慢仰起头，就那样拧着脖子，一点一点地朝旁边挪动。他好像在寻找自己手记里提到的那个偷窥小孔。鹿谷站在房门入口处，又发出了像狗一样的哼哼声。

“怎么？”江南问了一句，但他什么都没回答，又把手叉起来，紧锁眉头，一动不动。

江南穿过鹿谷身旁，朝里面走去。一直走到鲇田老人身边，再次打量一下宽敞的房间。

房间周围的彩色玻璃以扑克牌上的图案为原型，按顺序分别是“方块 Q”，“黑桃 K”……回廊上面有许多书架，把彩色玻璃都挡住了。但从这里看过去，那些书架上空空如也，看不到一本书。

他转过身，正准备告诉鹿谷，又注意到手记中提到的，挂在房门入口旁边的那幅油画也不见了。

“油画没有了。”江南冲鹿谷说道。

“欸？啊，真的没有。”

“书架上也没有书。”

“好像是的。”鹿谷心不在焉地应和着，转过身。鲇田老人一声不响，继续歪着头。鹿谷瞥了他一眼，两手叉腰，环视着周围。

“怎么搞的？”他嘟哝着，“这到底是怎么……”

此时，鹿谷显得有点纳闷，似乎对眼前的一切无法理解。江南也不知说什么好，只能来回看着屋内。

破败不堪的房子，空空如也的书架，墙上的油画也消失了，这一切与鲇田手记里描述的去年八月时的情景完全不同。说奇怪当然很奇怪。不一会儿，鹿谷叹了口气，一声不吭地朝房间一角走去。

那是房间入口右侧的墙角处。

鹿谷把挂在肩膀上的包放在旁边，两腿跪在地上，用手掌将沉积在附近瓷砖上的灰尘掸去。看他那副架势，江南立刻明白他要干什么。鹿谷想找到那个通向地下室的秘密暗道。

“看来是这块瓷砖了。”

江南凑过来，鹿谷冲他说着，用手指着满是灰尘的一块瓷砖。那是位于墙角的一块白色瓷砖。

“江南君，借我一个硬币。”

这仿佛是手记中，冰川和鲇田老人寻找暗道场景的再现。

江南从牛仔裤的前口袋里，摸出个一百日元的硬币，回头看看鲇田。他好像也注意到鹿谷他们的行动，朝这里走了过来。鹿谷把硬币塞到瓷砖缝隙里，用劲一撬，传来一声钝响，“钥匙”瓷砖浮了起来。鹿谷把这块瓷砖取出来，把旁边的黑瓷砖滑动过来。这的确有点像孩童时代的“十五子游戏”。也许是灰尘堵塞了瓷砖间隙的缘故，每块瓷砖移动起来都不轻松，但鹿谷很有耐心地做着，很快就找到了那个打开暗道之门的开关。

“是这个吧。”鹿谷嘟囔着，伸手按了下去。随着一声轻微的金属声响，四块瓷砖大小，边长八十厘米的正方形“小门”朝下打开了。黑红相间的地面上，出现了一个方方正正的小缺口。里面漆黑一片，什么都看不见。

鹿谷把硬币还给江南，从旁边的背包里掏出小型手电筒并打开，然后趴在地上，将脑袋伸进去，想看个虚实。看起来，他准备得非常充分。

“对的。好像是通向地下室的。”

“那我们下去吧。”

听到江南的话，鹿谷抬起头，哭丧着脸，摇摇头说："下面没有梯子。就这么跳下去，有点危险。"

鹿谷掸了掸满是灰尘的衣服，站起身来。他把手电筒放回包里，冲着江南和鲇田说道："我们再到别处去看看。"说完，他就麻利地朝大门走去。

2

三人走出大房间，先到一楼其他房间看了看。

起居室兼饭厅、与之相邻的沙龙室、卧室、厨房……每个房间里都没有像样的家具，就算有，也都被白布遮挡着。地面上是厚厚的灰尘，墙壁和窗户上都是污垢，有些玻璃窗上还有裂纹。整栋房子似乎都没有通电，厨房和浴室的水龙头也没有水流出（从房子的位置来分析，这里好像是用水泵打水的）。怎么看，这里都已经被人废弃了。

"这到底是怎么回事啊，鲇田先生？"鹿谷的脸色越来越难看，朝黑猫馆的管理员问了起来，"至少在去年九月，那本手记完成前，你应该是一直住在这里的。这房子怎么会一下子变成……"他停顿了一下，看着鲇田老人的反应。老人闭上眼睛，慢慢地摇摇头。"一定是出了什么事，然后你被迫离开这里了。因此，家具之类的东西都被房主卖掉了。现在我们也只能这么设想了。怎么样，你回忆起什么来没有？"

"我——"鲇田老人一直摇着头，声音嘶哑，费力地回答着，"我，什么都……"

"你看着屋内的房间、摆设什么的，还是没有想起来？"

“没有。不，我能感觉出自己以前曾经在这里住过。刚才的那个大房间、沙龙室……我都有印象。仿佛是很遥远以前的事，但的确……”

随后，鹿谷和江南上了二楼。

当时，鲇田老人说自己上楼太费劲，就独自留在了一楼，但江南注意到，从刚才开始，他的表情和态度就产生了微妙的变化。如果与当初在新宿酒店见面时相比，这种变化就更明显了。那时，鲇田老人非常渴望恢复往日的记忆，还说即便往日的回忆不如人愿，也比什么都想不起来强得多。

过去，鲇田的记忆丧失了，他本人则犹如被绑在一块沉重的石头上，沉入了水底。但当他来到这里、走进房间后，往日的记忆明显开始复苏。以前只是稍微有点振动，现在则剧烈晃动起来，眼看就要挣脱沉重石头的束缚了。

现在，他的表情里明显带有恐惧的神色。他害怕了。他预感到那不祥的记忆就要复苏，所以心里很害怕……

二楼走廊上，左右各有两扇门，看上去挺牢固。白色的门板已经退色，到处剥落着油漆，把手也失去了光泽。鹿谷和江南依次打开房门，房间的构造都是一样的，里面都放着满是灰尘的双人床。

大概看完四间屋子后，鹿谷又来到走廊右边，靠楼梯最近的一个房间，走到与隔壁共用的浴室里——那儿就是麻生谦二郎上吊自杀的“密室”。

这里与独立浴室的风格不同，天花板上涂着白灰泥，地上和墙壁上贴着黑红相间的瓷砖，里面放着一个带支脚的白色浴缸。垂挂淋浴帘布的竿子牢牢嵌在两边的墙壁中，用它来自杀，无论是高度，还是强度，都没有问题。

江南胆战心惊地看看浴缸里面，全是灰尘。江南记得在那本手记中，浴缸的颜色明明写着是黑色……但他没有再想下去。

鹿谷自然最关心通往两边房间的浴室门。

灰白房门的内侧都有黄铜插销。两扇门上的插销都没有损坏，也许鲇田老人事后修理过，也可能自杀的现场在走廊对面的共用浴室里。江南不可能把手记中的内容全部背下来，所以无法准确把握每个房间的位置和方位。

“你怎么看，江南君？”鹿谷前后左右地摇晃着门，缓缓说道，“这门很结实，与门框之间也没缝隙——手记里连这点都描述到了，说明至少当时，门的状态与我们现在看见的一致。”

“也就是说不可能有人用线或针做手脚，从外面将房门关起来喽。”

“是的。不仅如此，在那个手记里，不是说插销、插口、门、门框这些地方都没有疑点吗？还举了具体的例子说明。比如没有线头、新擦痕、蜡烛油，以及灰烬，等等。”

“是的，手记中是这么写的。不过，检查有无线头和新擦痕的用意，我可以理解，为什么还要检查有无蜡烛油和灰烬呢？”

“哎呀，哎呀。”鹿谷摊开双手，显得很吃惊。“江南君，你是不是因为工作繁忙，脑子提前老化了？”

“啊……”

“像这样在插销上做手脚，造成密室假象的把戏有许多种呢。”鹿谷用手捏着安装在门框上的黄铜插销，说着，“把这个插销，这样掰到斜上方，底下放一小块蜡烛固定。把门关起来以后，在外面用某种方法加热，让蜡烛熔化，插销就会因为自重而落到插口里。同样原理，在插销底下放上一根火柴固定，点着后迅速关好门。当火柴燃烧完，插销也会落下来。”

“原来是这样。”

听完鹿谷的解释，江南想起从前看过的推理小说中，也出现过这样的把戏。但江南对这种把戏没什么兴趣，这也许是因为他不太喜欢所谓的“密室推理”。在有些推理小说中，还会出现嫌疑人利用列车时刻表来证明自己不在犯罪现场的把戏。

对这一类小说，江南也不太喜欢。每当江南看到小说里扑朔迷离的案件时，心里都会想——总有办法破案的。当最后谜底被破解的时候，他也不会感到特别兴奋，最多就是嘟囔一句：哦，原来如此。

“除此之外，还有一些手法，但是鲇田老人早就将这些手法的可能性排除了。如果使用蜡烛作案的话，肯定会留下痕迹；如果燃烧什么东西的话，也必然会有灰烬产生……当他在冰川房间里，看见P.D.詹姆斯的原版书时，马上说了一句话——他也有这样的兴趣吗？这就说明鲇田老人自己也对推理小说家很熟悉，很喜欢推理。所以，他具备一些密室推理的知识也就不足为怪了。在手记里，他还写到——总之，没有任何疑点，还断言冰川和风间冲进浴室的一瞬间，是没有时间没有机会销毁证据的。目前，我们只能相信他的话。”

“可以用磁铁作案吧？”江南把自己想到的手法说了出来，“在门外，用磁铁转动插销。这样就不会留下任何痕迹。”

“抱歉，磁铁对黄铜把手是不起作用的。”

“啊，也是。”

“接下来，就是换气口和排水口的问题。”鹿谷离开门口，走到浴室里面，依次看看天花板上的换气口以及浴缸前面的排水口。“可以设想这样一种手法，把细线接在插销上，然后经过换气口通到外面，用劲拉下细线，便可以把门锁住了。如果操作得当，还可以把细线从插销上解开、拉出去。”

“这可太麻烦了。”

“是的。经过鲇田老人的验证，这种手法的可行性也被排除了。尸体被发现的时候，换气口的排风扇正开着。如果采用刚才的方法，细线会因被风扇缠住而断开的。而且风扇的开关也在浴室里面，作案人很难把房间封闭后再打开开关。当然，也可以使用比较结实的钓鱼线，利用风扇运转的动力来作案，但开关毕竟在里面，实施起来难度很大。而且稍有疏忽，线就会被风扇轴缠住，让人一筹莫展。那样的话，就会留下致命的证据。”

“原来如此。”

“同样道理，也可以通过排水口，将细线接在插销上作案……但是从二楼的浴室，将细线引到屋外的排水沟，那可不是轻而易举的事情。当然也不是不可能，在线的前端绑上重物，然后借助水流的冲力，冲到排水口。鲇田老人也考虑过这种可能性，所以才检查了覆盖在排水口上的金属网外罩。”

“但是，外罩没有被卸下的痕迹。”

“问题就在这里。手记中不是写了吗——外罩的边缘已经生锈，不用螺丝刀是拆不下来的。而且，一旦拆下来，就很难照原样装上去。如果在鲇田老人之前，有人动过这个外罩，当然会留下蛛丝马迹的。而如果不卸下外罩，绑着重物的细线也就不可能穿过。因此，利用排水口作案的可能性也被排除了。”

“那结果会怎样呢？”江南有点不耐烦了。“难道麻生真是自杀的吗？”

“究竟是怎么回事呢……”鹿谷再次愁眉苦脸地站到门前。“还有一种作案方法。”他又摸着那个插销。“这样子，把插销掰到正上方。把回转轴的螺丝拧得紧一点，大致就能保持住这个角度——看，这个插销停稳了吧。”然后他把门打开，又用劲关上。门“砰”的一声，声响很大。插销依然保持着那个角度，没有落下来。

“刚才这样，不行。”鹿谷嘟哝着，又把门关了一次。这次比刚才还要用力，就像是摔门。因为震动，插销失去了平衡，画了一个弧形，落下来。但是方向反了。落到插口对面去了。

“反正，大概是这个意思。”鹿谷没有再试，回头看着江南。

“如果这样做，就不会留下任何痕迹喽。”听完江南的话，鹿谷耸耸肩。

“是不会留下痕迹，但声音太响。如果深更半夜，发出刚才那样的声响，你觉得会没有人听到吗？旁边就是木之内的房间，正下方又住着鲇田老人，而且成功率也不是很高，顶多五五开。”

“这倒是。”

“在手记的末尾，鲇田老人说他进行了细致的观察和实验。他肯定也实验了刚才的方法。恐怕也是出于我刚才讲的理由，排除了这种可能性。”

到底该怎么认为了？鲇田老人和鹿谷花了那么多时间，研究浴室的“封闭性”问题，他们的结论到底是什么？

江南感到头疼。

“到了现在，答案就快出来了。”鹿谷不停地摸着下巴，自言自语地说着，“麻生真的是自杀吗？或许是……但问题是，那个冰箱……那个……欸？”他摸下巴的手一下停住了。“对，对，对。如果是那样……不，那怎么可能……原来如此。住在镜子里的人……是镜子吗？原来如此。如果是那样……那……那个又是怎么回事……那个……对，那个也，那个……”

“怎么了，鹿谷君？”江南不放心地问道，但鹿谷理都不理他，在那里嘟哝着别人根本听不懂的话，就像是一个刚入佛门的和尚念经似的。一会儿紧闭嘴巴，一会儿又直勾勾地盯着空中，他浅黑的脸上表情僵硬，如同石像一样，站了半天。

“啊……”很快，鹿谷感慨万千地叹着气说，“真让人生气，那到底是怎么回事？大笨蛋！真让人生气。”他像狗一样地吼着，突然就冲出了浴室，像被弹簧弹出去一样。

“鹿谷君！”江南急忙跟在后面跑出去。“鹿谷君，你到底是怎么了……”

“镜子，江南君！天羽博士是住在镜子里的人！”鹿谷在房间的床铺边，一下子转过身，大声说着。

“是的。前天，我们在札幌……”江南被弄得莫名其妙，歪着头说道。

“那时，我们还不明白那是什么意思，就连告诉我们这句话的神代教授也并不明白。”

“但是……”江南更加糊涂了。“但是，昨天晚上我们在酒店房间里所说的话呢？那不是可以把事情大致解释清楚吗？”

“啊，你说那个呀。”鹿谷点点头说，“当然，昨天晚上我们所说的话，的确可以把一些事情解释清楚。但只能得出百分之八十的答案，还有百分之二十没搞明白，而那百分之二十才是问题的关键……”说着，鹿谷绕过床铺，走到房间的窗边。那是镶嵌在墙上的彩色玻璃，上方还有个小换气窗。鹿谷拉着垂挂下来的绳子，打开了小窗。

“楼下房间里的窗户也都是这样的结构。”

他踮起脚，想看看小窗的状态，但是窗子的位置太高了，他根本就够不着。鹿谷在房间里四处看了看，在房间一角发现了一个圆凳子，便搬到窗下，站了上去。不知道鹿谷在考虑什么，只见他将手伸出窗外。

“好的，好的，这样不行。”鹿谷满意地嘟囔着，从凳子上跳下来。

“什么不行呀？”江南问道。鹿谷拉着绳子，把小窗关起来。

“在那本手记中，关于这个小窗，是这样描述的——即使全部打开，也只有不足十厘米的缝隙。你还记得吗？”

“你记得可够清楚的。”

“我反反复复，读了好多遍。”鹿谷拍了拍手上的灰尘。“的确和手记中描述的一模一样。即便全部打开，也只有七八厘米。而且窗子是斜拉上去的，不管你怎样想办法也爬不进来，甚至连四根手指都伸不过去。”

“是吗……”

“好了，鲇田老人在楼下也该等急了。我们已经没必要看阁楼了，直接去地下室。走，江南君！”

3

鲇田冬马正站在楼梯下面等着他们。

刚才，鹿谷在浴室里进行关门试验时发出的巨大声响，似乎已经传到了楼下。鲇田老人问那是怎么回事，鹿谷则含混地支吾过去，没有向他解释。三个人朝储藏室里面，通往地下室的阶梯走去。由于宅子里没有通电，照明只能依靠鹿谷的手电筒了。他们排成一列走下阶梯，鹿谷走在最前方，鲇田紧跟在他后面，而江南则在最后。

黑黢黢的地下室里鸦雀无声，让人不禁想哆嗦。浓重的黑暗从四周汹涌而来，仿佛觉得自己都要被黑暗一点点地吸进去了。

江南看着前方摇晃的淡淡光圈，谨慎地往前挪着步子。

手电筒的亮光所到之处，净是些脏兮兮的灰泥墙和水泥地，没有看到一件像样的家具。一直往里走，房间向右拐了一个直角，的确和手记中描述的一样——这个地下室呈L形。拐过弯去，上方有一缕光线透进来。在右首侧的前方，天花板的一端开着个四方形的缺口——是刚才在大房间里发现的暗道出入口。

“梯子在这里。”

鹿谷拿手电筒照了照，墙壁边上躺着一个破旧的木梯。

鲇田老人走到缺口正下方，仰头看着明亮的大房间。鹿谷喊了他一声，继续朝地下室深处走去。很快——在手电筒的亮光下，他们发现已经来到了尽头，墙壁上有一扇细长的灰色的门。在手记中，鲇田老人曾提到一扇“没有意义”的门。这好像就是那扇门。

鹿谷把肩上的包背好，走到门边。他用左手拿着手电筒，右手正准备打开门，鲇田叫了起来。“等一下，鹿谷君。还是由我来……”他走上前，嘶哑地说着，“还是我来开吧。”

江南吃了一惊，紧紧地盯着他。鲇田把右手的拐杖靠在墙壁上，慢慢地伸出手，抓住没有光泽的把手，吸口气，慢慢地把门打开。那里应该有一堵伪装的隔墙，用红砖砌好，上面涂抹着灰泥浆。但是——

“啊！”江南不禁叫了起来。

“怎么回事……”鲇田也同样很诧异，抓着把手，呆立当场。“这……”鲇田老人死命摇摇头，嘟哝着，仿佛在自言自语，“到底是怎么回事？”

那里根本就没有墙壁。好像以前也不曾有过。门对面，一条狭窄的甬道一直延伸到更加漆黑的深处。

“进去看看吧。”鹿谷没有理会慌乱的江南和鲇田，平静地说着，“还是好好地调查一下里面的状况比较好。”

“但是，鹿谷君，这……”鲇田喘着气说道，“看来手记里写的内容都是胡编乱造的。”

“你还是什么都回忆不起来吗？”

“我——我……”老人用右手敲着太阳穴，仿佛头很疼。

“走吧。”说着，鹿谷拿手电筒照了照门内，笔直的通道上没有任何可疑的迹象。“江南君，你也进来吧。”

三个人在黑暗中又排成一列，向前走去。地下水从什么地方流了出来，通道的地面上湿漉漉的。三个人都很小心，生怕摔倒。每当胳膊碰到两边的墙壁，彻骨的冰凉感就让人忍不住想要大叫。

走了一会儿，通道在前方向左拐了一个大弯。

拐过那个弯，也许就是手记中的五个人所看到的，少女和猫的白骨的所在地了。说不定一年前在大房间里死去的那个叫莱娜的女子，尸体也摆放在那儿。一想到这些，江南就更加害怕了。

“什么都没有。”鹿谷站在拐角处，回头看着他们，说道，“你看，鲇田老人。这里没有白骨、尸体之类的东西。”

“啊……”鲇田的视线跟随着手电筒的黄色光圈，四处看着。

的确没有尸体之类的东西。这到底是怎么回事？怎么考虑才对呢？江南觉得有点头晕，不禁用手扶着额头，肩膀倚靠在墙壁上。

“哎呀？”就在那时，黑暗中传来鹿谷的声音，“那是什么？”

定睛一看，前方几米远的黑暗中，有个灰白色的东西，像是木板之类扁平的东西，立在右边的墙壁上。

鹿谷催促着两人，慢慢朝前走去。那好像就是块木板，长宽大约有六七十厘米，上面挂着块污浊的白布。鹿谷伸手将白布取下。出现在三人面前的是一幅画，镶嵌在银边的画框里。

“原来是这个。”鹿谷嘟哝着，看着鲇田，“这好像是天羽博士画的油画。”

那上面画着一个盘腿坐在藤条摇椅上的少女。她身着浅蓝色的罩衫及牛仔背带裤，蓬松的茶色长发垂在胸前，头上戴着一顶红色贝雷帽……这和手记里提到的那幅挂在大房间的油画完全一致。但是有一点不同，手记中提到，有一只黑猫蜷曲在少女的膝盖上，但在这幅画中却没有出现。

而且，这幅画有些异样。从少女的面部到胸部、腹部，上下左右有好几条黑色的裂痕——好像是有人将画布划破了。江南悚然而立，旁边的鲇田老人则突然发出异样的呻吟声。他发疯似的摇着头（江南从来没见过他这样）朝后退去，紧紧地靠在身后的墙壁上，仿佛要从那幅画像前逃走一般。他的手杖掉在地上，发出了声响，鲇田却连捡都不捡，只是贴在后面的墙壁上，继续拼命地摇着头，唯有一双眼睛，还在直直盯着画像里的少女。

“啊……”他干巴巴的嘴唇颤抖着，“理沙子……”

“鲇田先生。”江南吃惊地喊了他一声，刚才他的确是在喊“理沙子”这个名字，“鲇田先生，难道你想起来了？”

“我……”老人总算将视线从画像上移开，靠在墙壁上，耷拉着脑袋。“我……啊……”

“再往里面走走。”说着，鹿谷捡起掉在地上的拐杖，递给鲇田老人。“这么一直走的话应该就能找到出口，从那边出去了。”

正如鹿谷所说，在潮湿的黑暗中继续走了一会儿，并没有到达通道的尽头（与手记中的描述不同），而是出现了另一扇灰色的大门。

鹿谷打开门一看，那里有一段通向地面的很陡的楼梯。

“能上去吗？”鹿谷回头问鲇田。老人不声不响地点点头。

登上楼梯，入口被一个像下水道盖子的黑色铁制圆盘堵上了。鹿谷将手电筒放在脚下，伸出两手，用劲向上推。随着一声钝响，炫目的阳光照了进来。

就这样，三个人爬上地面。出口处很狭小，周围被两米多高的树丛遮挡住了。这里好像是前院的树丛堆。为了隐蔽出口，特地设计了这样一些圆形的树丛造型。

鹿谷折断繁茂的枝叶，开出一条小路，走到外面。江南则牵着鲇田老人的手，费了九牛二虎之力才走出来，手臂上到处都是被树枝划伤的痕迹。

“哎呀，大雾散掉了。”

外面晴空万里，鹿谷用手遮着刺眼的阳光，看了看四周。江南则从牛仔裤里摸出怀表，确认一下时间。现在是下午两点多，从他们来到这个老宅开始算起，才过去了两个多小时，却让人感觉在黑暗的地下室里已经走了四个多小时了。

“你看，江南君。”

顺着鹿谷手指的方向，江南看见一幢两层楼高的洋房。当大雾散去，晴空万里下，江南觉得那座以广袤云杉林为背景的洋房和自己最初看到时的印象已经不太一样了。

洋房的墙壁是暗灰色，但看得出来，当初应该是雪白的。几扇镶嵌着彩色玻璃的窗户，窗框是白色的，那里就是大房间吗？在阳光的照耀下，陡急的房顶看上去白晃晃的……

“总觉得有点别扭。”江南终于注意到了。

“在那本手记中，建筑物的颜色可是黑色的。”

“你总算注意到差异了，真拿你没办法。”鹿谷耸耸肩说，“在手记中，当鲇田老人第一天带年轻人们回来的时候，不是说‘建筑物的颜色是黑的’嘛。其他地方，还有类似的描述。那是第二天下午的事情，在庭院里散步的鲇田看见站在玄关边的麻生时，大吃一惊。‘一瞬间，我感到那个人仿佛飘浮在空中’，在后来的描述中，我们弄清楚了——当时，麻生穿着的是黑色的衣服，也就是说他穿着黑衣站在黑色的墙壁前，让人觉得他的脸是飘浮在空中的。”

“原来是这样。”江南点点头，看着鲇田老人。鲇田什么都没说，只是看着阳光照射下白晃晃的洋房。

“另外，江南君。”鹿谷说着，“你还记得建筑物里面的装潢是什么颜色吗？”

“内部装潢？”

“黑色的墙壁，窗框也是黑色的，二楼浴缸的颜色也是黑的，地面上是红白相间的瓷砖，其中还点缀着一些黑色瓷砖。那本手记中是这样描述的。现在你亲眼看到的，又是怎样的状况？”

“墙壁是象牙色，大门也是同样的色调，浴缸是白色——对了，刚才我们在楼上的时候，我就觉得有点奇怪。地面是红黑相间的瓷砖，用白色瓷砖点缀。还有，刚才打开大房间暗道的‘钥匙’瓷砖的颜色也有点不对。”

“手记中说是黑色瓷砖，而我刚才取下的却是白色瓷砖。”

“这么说，鹿谷君，那本手记中的内容都是胡说八道喽？”

鹿谷很坚决地摇了摇头。“不，那本手记中的内容正像笔者在开头所说的那样——‘没有夹杂任何虚假描述’。我坚信这一点。”

“那，到底是……”

“还不明白吗？”鹿谷又伸出手，指着洋房，“看！右边，屋顶最高处。”

“看到了。”

“看到什么了？”

“就是那个风向猫……对了，颜色好像有点出入。不是黑色，而是淡淡的灰色。以前大概是雪白的象牙色。”

“你再仔细看看。”鹿谷指着从屋顶上伸出来，白铁皮制成的那个动物风向标。“那个真的是风向猫吗？”

“是呀。等一下……”江南又仔细凝视起来。被鹿谷一说，他也觉得那的确不像猫。如果说那个动物的形态是“猫”的话，躯体线条过于圆了，后腿也太大了，耳朵也太长了……

“难道是兔子？”

“对。”鹿谷表情严肃地点点头。“那不是‘猫’，而是‘兔子’。白色的‘兔子’。”

“但，那……”

“是爱丽丝啊，江南君。这不是‘镜中’的房子，而是‘仙境中’[①]的房子呀。”

“爱丽丝？”

“昨天晚上我不是跟你说了吗？所谓的‘道奇森’，指的是查尔斯·勒特威奇·道奇森，也就是刘易斯·卡罗尔的本名。”

“是的。这个昨天晚上已经……”

“多年前，当中村青司发现委托他设计房屋的天羽博士的本性后，稍微耍弄了天羽一下。他引用刘易斯·卡罗尔的童话作品‘爱丽丝’的创意，设计建造了这个房子。”

---

①刘易斯·卡罗尔创作了两部以爱丽丝为主人公的童话故事，分别为《爱丽丝梦游仙境》、《爱丽丝镜中奇遇》，在“镜中奇遇”中的登场的是黑猫，而在“梦游仙境”中登场的是兔子。

“这……”

“这个房子不是‘黑猫馆’。如果硬要取名的话，可以参照那个白兔风向标，叫‘白兔馆’。真正的黑猫馆建在别的地方——镜子的另一侧啊。”

鹿谷看着歪头的江南，又将视线移向一旁无言的鲇田老人。

“是这样吧，鲇田先生？”

几乎将全身的重量都压在了右手拄的拐杖上，鲇田老人无力地低下了头。

鹿谷则继续说道：“刚才在地下室看到那幅画的时候，你的记忆就完全恢复了吧？自己究竟是谁，想必他已经彻底想起来了吧，鲇田先生——不，应该叫你天羽辰也博士！”

4

鲇田冬马和天羽辰也是同一个人。

江南是在昨天晚上知道这个真相的，就在鹿谷把他叫去自己房间的时候。

当江南看到神代教授的孙女浩世寄来的那张明信片——就是二十年前，天羽博士寄给神代教授的邀请信时，着实吃惊不小。那上面的笔迹和鲇田冬马手记上的笔迹太像了。

明信片和手记上的文字为一人所写，只要对比一下就可以知道。即使没有专家的鉴定，结果也是一目了然的。

“在莱娜猝死后，鲇田老人为什么会那么乖乖地听从冰川的意见，不去报警呢？”给江南看明信片之前，鹿谷就提过这些问题，现在又提了出来，“那是因为他曾经默许年轻人吸毒——当然有这方面的原因，但更重要的是，他内心很害怕警察到这里以后，会在屋子里四处翻腾。”

“因为地下室里藏有白骨？”

听到江南的问话，鹿谷毫不犹豫地点了点头。他拿起放在桌子上的黑色活页本——里面是手记的复印件。

“手记里面有这样的叙述：‘我心里也很清楚。如果警察现在就来调查这起案件，对我也没有什么好处。因此我也一直在考虑，这件事到底该怎么处理。’怎么样，你不觉得这段话充分反映出他当时的心态吗？”

“的确……”

“那个白骨就是天羽博士一直下落不明的养女——理沙子的。估计杀死她，并将尸体藏匿在地下室里的便是当时房屋的主人——博士本人。如果鲇田冬马和天羽博士是同一个人，他当然知道地下通道以及藏匿在那里的尸体，因此他不愿意通知警察。他害怕万一警察在屋内搜查时，会发现藏匿在地下通道里的白骨……还有一点，就是他在检查莱娜尸体时显得非常专业，能仅从尸体僵硬程度便推断出她的死亡时间。”

鹿谷又提出了第二个疑点，不等江南搭腔，便继续说了下去。

“如果鲇田老人就是天羽辰也的话，这个疑问就迎刃而解了。另外，他在检查麻生谦二郎的尸体时所表现出的老到也就可以理解了。这也许是我这个外行人的想法，天羽辰也多年从事生物学——尤其是动物学方面的研究，也很可能涉及解剖学。以前，我就有这样一个朋友，在理工系攻读动物学，后来在医学部做解剖学助教，现在在休斯敦大学工作。我们已经很长时间没见面了。如果鲇田冬马就是天羽辰也，那他肯定掌握一些法医学的初步知识，也就自然懂一些尸检技术。如果他真像神代教授所说的那样，非常喜欢江户川乱步、横沟正史等人的推理小说的话，那这种可能性就更大了。”

“手记中不是提到，将莱娜的尸体藏匿在地下室里，有难得的好处吗？那又是什么意思呢？”

“我觉得冰川提出这个建议的时候，鲇田老人是很为难的。手记中不也是这么说的吗？但是这样做，对他的确有很大的好处——这可以令他获得一个保证。”

“保证？”

“是的，就是保证他今后能一直在黑猫馆里住下去。

“现在，黑猫馆的产权并不属于他，而是归风间裕己的父亲所有，他只不过是个普通的管理员而已。因此，他本人也不知道什么时候就会被主人扫地出门。可是在这个宅子的地下室里却埋藏着他亲手杀死的理沙子的尸体，况且，他对这里也有着深厚的感情。他绝不想离开这个宅子的，根本不想。

“他想把莱娜的尸体也藏匿在地下室里，自己就做个‘守墓人’。这样，他就捏住了主人的儿子——风间裕己的致命弱点。他还特地关照风间——‘以后就请你多费心留意，不要让老爷转卖或拆毁这栋老宅’，这样一来，房主就无法转卖这间宅子了，也不会解雇他这个管理员，这就能保证他今后能永久地住在黑猫馆里。当然，他也可以利用风间裕己所犯的罪行和他所掌握的证据，要挟房主、夺回房产。但从手记的内容来看，他好像没有这么贪心。”

“原来如此。所以……”

“以上就是我对刚才列举出的疑点的回答。”

鹿谷坐在床边，将手记的复印件放在膝盖上，慢慢地翻着。那个复印件里，到处都贴着蓝色的便签条。

江南从椅子上探出身，问道：“你什么时候开始发觉那个——鲇田老人就是天羽博士的？”

“今天，在看到这个明信片之后，我才确信无疑的。但是我一直就有点怀疑。因为在手记中，他的许多言行让人感到费解。昨天，在与橘老师交谈过后，我就更加觉得鲇田老人就是天羽辰也了。”鹿谷抬起头。“天羽辰也患有内脏全逆位症，这就是决定性的线索。”

“为什么？”

“在那本手记中，有许多地方暗示了鲇田老人也是内脏全反位症。”

“是吗？”

“是的，都是一些很小的细节描述。我第一次看那本手记的时候，就觉得有点奇怪。例如——”鹿谷迅速地翻了几页。“第一个晚上，当他回房间休息的时候，是这样描写的：‘也许好久没有喝酒了，胃有点涨，不舒服。为了让自己好受一些，我朝左侧过身子，尽量不去听沙龙里传出的年轻人的叫喊声，缓缓闭上了眼睛。’一般，当人感觉胃不舒服的时候，都是朝右边睡的，这是因为胃的方向是朝右边的，但他却躺向左边。这是为什么？因为他的胃方向与常人相反。还有——哦，这里。第二天深夜，当他在阁楼上偷看大房间情况的时候。看到年轻人们的荒淫场面，他是这样记录的：‘……无意识地将左手放在胸前——心脏跳得很快’江南君，当你按住胸口的时候，会用哪只手？”

“我会用右手——对，就是右手，像这样。”江南实际比画起来。

“当然是这样，对吧？”鹿谷点点头，说：“当心脏在身体左侧的时候，一般是用右手捂住胸口，即便左撇子也是这样。但鲇田老人用的却是左手。”

“原来如此。”

“在手记中还有其他两三处地方有相同的描述。例如，当他们在地下室里发现白骨的时候：‘我用左手紧紧按住胸口，努力让自己平静下来，同时还设法去安慰那帮恐慌的年轻人……’在浴室里，当他站在麻生尸体前时——‘我用左手按着胸口，努力让自己平静下来，同时观察着吊在面前的尸体……’大致翻一下就有这么多地方。他经常用左手按住胸口，这是为什么？因为他的心脏在右边。”鹿谷将复印件放到桌子上，坐到枕头边，靠着床架。

“我们还是按顺序整理一下吧。”他开始说了起来，“一方面，生物学者天羽辰也博士留学回国后，成了H大学的副教授，住在札幌。不久，他的亲妹妹在生下一个私生子后去世了，他就把那个叫理沙子的女孩收为养女。借用橘老师的话来讲，他对理沙子疼爱有加，经常把她带到大学里，就连消遣绘画的时候，也要用她当模特。在外人看来，他们就仅仅是欢快的父女关系吗——我觉得有点微妙。另一方面，天羽博士通过友人神代教授的介绍，认识了建筑师中村青司，委托他设计了自己的别墅。中村青司接受了委托，在阿寒的森林里，建造了黑猫馆。但是后来，他却说天羽辰也是‘道奇森’。这个‘道奇森’的意思就是——”鹿谷看了江南一眼，问道，“你知道刘易斯·卡罗尔这个名字吗？”

“我知道，他不就是《爱丽丝梦游仙境》的作者吗？”

“那么他的真名呢？”

江南歪着脖子，说不出来。鹿谷笑了笑，眯起眼睛说：“查尔斯·勒特威奇·道奇森，这是卡罗尔的真名。”

“道奇森……”

“刘易斯·卡罗尔这个笔名，是以他的真名为基础起的。将他的真名查尔斯·勒特威奇转译为拉丁语，将字母前后调换，再用英语读出来就行了。总之，中村青司是带着嘲讽的意味，说天羽博士是卡罗尔的。中村青司故意使用道奇森这个真名，由此可以看出他的性格。”

“你这么一说，我想起来了。神代教授说，以前在他们的同人杂志社里，天羽博士就喜欢写童话类的作品。”

“是呀，神代教授是这么说的。另外，一说到刘易斯·卡罗尔，你会想到什么？”

“他曾经是牛津大学的教授。”

“教数学和逻辑学。还有呢？”

“还有……对不起，我在小的时候，曾经看过他写的《爱丽丝梦游仙境》。”

“你用不着道歉。”

“哎呀，真的不好意思。”

“卡罗尔有较为异常的性趣，这一点可是很有名的。他对一般的成熟女性根本不感兴趣，却十分喜欢十三岁以下的少女。”

“少女……他有恋童癖？”

“你就不能含蓄点？”鹿谷装模作样地擦了下大鼻头。

江南继续说道：“也就是说，这个天羽辰也和卡罗尔一样，也迷恋少女？”

“神代教授也说他很有男子气，很讨女人喜欢，但他却一直单身。橘老师不是说过这么一句话吗——天羽博士对女人没有太大的兴趣。”

“是的，橘老师是这么说过。”

“中村青司因为商讨工作，和天羽博士交谈过几次。其间，他看穿了天羽的本性，发现天羽只爱成为‘女人’之前的‘少女’。当时，天羽博士所关心的只有养女理沙子。他之所以在人迹罕至的森林中建造别墅，也是想营造一个只有自己和理沙子的二人世界。阿寒的别墅——黑猫馆竣工后，只要有机会，天羽博士就会带着理沙子来到这里，享受二人时光。偶尔也会邀请朋友来玩。随着时间的推移，理沙子也长成了一个大姑娘。天羽博士仍然爱着她，但就在理沙子快要上中学的时候，他可能因一时冲动，亲手杀死了她……”

“他为什么要那样做？”江南插嘴问道，“博士不是很爱理沙子吗？”

“是很爱。但他只爱作为‘少女’的理沙子。正因为这样，他才杀死了理沙子。因为他不能容忍理沙子从一个纯洁的‘少女’成长为一个污秽的‘女人’。从某种意义上讲，女孩子长到十二岁，就开始从孩子向成人过渡了。乳房开始膨胀，初潮也来了。”

“这样啊……”

“当然，这都是我的主观臆测，也许事情更为错综复杂，现在只能在理论上推断一下。天羽博士杀死了理沙子，不知道为什么，他还杀死了黑猫，估计是同一时间杀死的。他把两具尸体抬到地下室的秘密通道中，还在通道入口砌上了一堵墙。他对外谎称自己的养女失踪了，侥幸掩盖了自己的罪行。但是，他后来的命运很悲惨，失去理沙子的打击是巨大的，只能令他终日与酒为伴，借酒浇愁，不久便惹出了大麻烦，被大学解聘了。加之生意的破产，最后他在札幌市内已无法立足。心爱的别墅被转卖他人，但是为了看护藏匿于地下通道中的理沙子的尸体，为了寄托对她的思念，他是绝对不肯离开黑猫馆的。”

“因此，他就主动去做了宅子的管理员？”

“是的。他拜托当地的房屋经理人足立秀秋，向新房主隐瞒自己的真名和来历。说不定，他和这个足立秀秋很早就是朋友了，但其他事情另当别论，理沙子的尸体一事是绝对不能提的。这是六年前——不，七年前的事情。”

“鲇田冬马这个假名，有什么特殊的意思吗？”

“啊，是这样的。”鹿谷从桌子上拿起一张记录用纸，放在膝盖上，用笔写了起来。“这是个很简单的字谜游戏，我也是昨天晚上才反应过来。”说着，鹿谷将纸递给江南，上面用罗马字母写着“鲇田冬马”的名字——AYUTATOMA。

“不需要很复杂的调换，拿着这张纸去照一下镜子。”

江南站起来，走到镶嵌在墙壁上的镜子前。按照鹿谷说的，将纸对着镜子。

“啊！”他失声叫了起来，“原来是这样，完全颠倒过来了。”

镜子里的名字不是“鲇田冬马”，而是“天羽辰也”。

“‘AMOTATUYA’，真不愧是‘住在镜子里的人’。”鹿谷的语调像是在演戏。江南凝视着镜子里的文字，默默地点了点头。

“就这样，天羽辰也摇身一变成了黑猫馆的管理员鲇田冬马。他决定在这里度过余生。此后，房屋的主人几经更替，每次都靠足立秀秋的斡旋，他才能继续着自己的‘隐士’生活。去年八月，那帮年轻人来了。对于他们的到来，天羽的心情是很复杂的，我们从手记里抽几段描写看看。”鹿谷又打开手记的复印件，翻了起来。

“例如，在第二天吃晚饭的时候，木之内对椿本莱娜胡编了一个所谓的‘黑猫馆传说’。当鲇田听到木之内讲过去这个宅子里发生过的大事时，‘来到走廊边，我停下脚步，竖起耳朵，想听听他怎么说’，当时他肯定非常紧张。当他发现那不过是一派胡言后，才算是松了一口气。

“后来，当一行人把莱娜的尸体抬到地下室去时，冰川突然问起通道门的情况，‘被他这么一问，我也一时间不知该怎么回答’，当墙壁崩塌，秘密通道被发现时，冰川率先走了进去，手记中是这样描述的——‘我也下定决心，跟了进去’。如果考虑到鲇田老人当时的心情，就很容易理解手记中的这些描述了，不是吗？”

“我有一个问题。”江南说道，“把莱娜的尸体藏进地下室，对鲇田老人来讲，是得到了一个保证。但是如果，从鲇田对已故理沙子的感情来考虑的话……”

“你的意思是说，他绝不会允许这样的事情发生是吗？”

“是的。鲇田何止是不喜欢莱娜那样的女人，简直就是厌恶之极。把那种女人和自己心爱的养女葬在一个地方，我觉得他肯定会有很强烈的抵触感。”

“你说得有道理。他的确会产生那样的想法。”鹿谷点点头，但很快又微微地摇摇头。“但我们也可以换个角度考虑。关于莱娜的容貌，手记中有这样一段描述，你还记得吗？‘如果说我对她还有一点兴趣的话，那就是她的面容（尤其是眼睛）和我已故的亲人有一点像。’这个已故的亲人必定是他的妹妹，也就是理沙子的母亲。

“橘老师形容他的妹妹是个小恶魔一般的美人，莱娜肯定长得与她相似。如果真是那样，一方面，正如你说的，他会产生抵触感；但另一方面，也可以这样认为——理沙子长期独处在黑暗之中，如果把这个与她母亲相像的女子跟她埋在一起，或许可以慰藉她那颗孤独的心……”

看见江南理解了似的点点头，鹿谷再次将复印件丢在一边。

“思考了这么多问题后，你应该明白鲇田老人为何会在今年二月去东京了，也应该明白这个手记对他是多么重要了吧？”鹿谷继续说着。

“虽然把麻生谦二郎猝死一事通知了警察，但并没有发生任何麻烦的事，只是当作一般的自杀案件处理了，随后，其他的年轻人也回东京去了，黑猫馆恢复了往日的安宁。于是，鲇田老人把自己设定为读者，写了这本手记（算是为自己将来写的小说），但是后来，却发生了他也意想不到的灾难。

“先是一场大病突然袭来。他得了脑溢血，虽然捡回条老命，但左手因此受到影响，残疾了。

“接着是去年年底，风间一家遭遇车祸去世，作为裕己父亲产业之一的黑猫馆也被转让给了冰川隼人的妈妈。而且，她——这是我的想象——还打算转卖或拆毁那间老宅。”

“是这样啊。”江南总算明白得差不多了。“鲇田老人为了阻止这一计划……”

“对。当他得知新房主的想法后就慌了。他先是准备打电话给冰川隼人，希望对方能说服他母亲，但不凑巧的是，冰川自从去了美国后就音讯全无，根本联系不上。于是他只能考虑直接和冰川的母亲进行谈判了。如果把事情真相说出来，那个母亲也许会为了自己的儿子，放弃转卖或拆毁宅子的计划。但是……”

“但是她耳朵不好，无法在电话里与人通话，是这样吗？”

“是的。在电话里无法把话讲清楚。那是一件特殊而复杂的事，即使写信的话，也要写得很长才能有说服力。但当时，他的左手已经无法写那么长的信了。另外，信的内容不能让他人得知，所以也无法请人代笔。剩下的办法只有一个，就是把那本已经完稿的手记，给冰川的母亲看。所以今年二月，他终于下定决心，来到了东京。

但是……”

在东京，鲇田老人入住的酒店发生了火灾，他本人也因此丧失了记忆。这一连串让人无法抗拒的偶然是多么地教人哭笑不得啊。江南想到这里，不禁神色黯然。

“总之，事情的大致情况就是这样了……”鹿谷将手臂撑在膝盖上，托着下巴，噘着嘴，随后便一言不发。他闭上眼睛，独自沉思起来，不一会儿却又慢慢地睁开了双眼。

“现在就只剩最后一个问题了——麻生究竟是自杀，还是他杀呢？”他看了看江南的表情。于是，江南便直截了当地问起来：

“手记的最后，鲇田老人似乎已经得出一个结论吧？鹿谷君，你知道那个结论是什么吗？”

“很微妙啊。”鹿谷紧锁眉头道，“我还有那么一点不太理解之处，还没有弄清鲇田老人究竟是怎样得出那个结论的。大致的情况我是明白的，但怎么说呢？就像拼图时，最后一块总也对不上去一样，如果要硬塞，整张图就会变得七零八落——就是类似这样的感觉。”

江南不知如何作答，只能不置可否地点头应和。鹿谷的眉头皱得更紧了。

“还有一点，江南君。”他接着说道，“这本手记中，有些内容让人费解。很多地方让我觉得纳闷。”

“除了你刚才所讲的地方，还有吗？”

“有的，比如说……”鹿谷刚要说，想了想，又咽了回去。他显得很累，把头靠在墙壁上，闭上眼睛休息了片刻，才继续说道：“总之，要看明天的了。”鹿谷叹了口气，自我安慰地说：“等我们到了黑猫馆再说吧。说不定鲇田老人亲眼看到宅子后，记忆就会恢复的，我的迷惑说不定也能消除。”

“明天要查看地下通道吗？”

“估计要看。”

“但是……”

“我们本来的目的就是要帮鲇田老人恢复记忆。我当然可以现在就冲着他说——你就是天羽辰也，但这么做只会让他的头脑更加混乱。如果他能依靠自己的力量，恢复对往日的记忆，那是再好不过的了。为此，我们必须要打开一两堵墙……”

“但是，万一发现了尸体，我们该怎么办……”

“你是想通知警察吗？”鹿谷故意轻描淡写地说，“我觉得报不报警，应该由鲇田本人决定。我又不是警察，况且最近，我对那种所谓的善良市民应尽的义务之类的话也有点听腻了……当然，如果你硬要报警的话，我是不会强行阻拦的。”

5

这里不是黑猫馆，真正的黑猫馆应该在别的地方……

这句话对江南的冲击太大了，他在心里反复念叨着。在鹿谷的催促下，他再度朝这个建筑的玄关走去，而鲇田冬马则不管鹿谷说什么，都低着头一言不发，就像一个被捕获的囚犯般跟在他们身后。

“刚才，我站在院门外的时候，就已经觉得有点奇怪了。”

鹿谷和江南穿过敞开的白色大门，走进昏暗的玄关大厅。

“我们是从便门走进来的，那个便门位于院门的左边，但手记中便门的位置却是在院门的右边。另外，我们现在看到的风向兔的位置是在屋顶正面的右侧，而手记中黑猫馆的风向猫则位于左侧——手记中写的是东侧，从方位判断，就是左边。”

既然左边是东侧，就说明黑猫馆的玄关是朝北的。江南努力回忆着手记中的描述，但怎么也想不起来这些细微之处。那个手记要是附有建筑物的平面图就好了……江南心头升起一股无明之火。

鹿谷似乎看透了他的心思，从肩膀的挎包里抽出一张纸片，递了过来。“你看看这个吧。这是我按照手记中的内容描绘的平面图，虽然比较粗糙，但大致看一下，就能一目了然地发现一些问题。”江南看了看纸片，上面用铅笔画着黑猫馆的平面图。玄关朝北，进门后，正面右首有通向二楼的楼梯。大房间位于玄关大厅的右侧——也就是西面。沿着左首的走廊朝东走，两面分别是饭厅、沙龙室、厨房，以及鲇田老人的房间。

江南抬起头，又看了看自己目前所站的这间玄关大厅。

“完全不对。”此时此刻，他才痛感自己的记忆力和观察力实在是太差劲了。“这里所有的房间位置都和平面图正好相反……”

楼梯在左首里侧，大房间在玄关大厅的左侧，走廊在右边……所有的位置都和手头这个平面图恰好左右颠倒，就像是镜中的影像。

“虽然没有画出来，但刚才，我们下去的地下室的地形以及地下通道的拐弯方向等，这个宅子的一切都和手记中所描述的位置正好相反。另外……

“如图所示，黑猫馆的玄关是朝北的，手记中也是这么描述的。但这里的玄关却不朝北。”

“是吗？这么说……”

江南不禁想起两三个小时前，浓雾笼罩下，自己站在宅子前的情景。当时，一阵大风吹过，大雾散去，阳光照在玄关处。当时快到中午了，太阳位于正南方。这么一来，这个宅子的玄关当然是朝南的。

真正的黑猫馆应该在镜子的对面。

果然是那样——这栋房屋和黑猫馆——两栋房子就像是建在镜子的两边一样……

“去大房间吧！”鹿谷朝白色的房门走去，“鲇田老人，你也快过来吧。”

在他们的催促下，鲇田老人依旧低着头，一声不吭，缓慢地跟在他们身后。

外面的大雾已经散去，射进大房间的彩色光线比他们刚来时要明亮、鲜艳多了，那“废弃破屋”的感觉也稍稍淡化了一些。鹿谷精神抖擞地走到房间中央，大致看了一下三面墙壁上的彩色玻璃，回头对江南说：“感觉如何？”

“嗯……”

“正如我们所看到的，这里的彩色玻璃是以扑克牌上的图案为原型的。地面上贴的也是黑红相间的瓷砖，我觉得这也是表示扑克牌的。”

“是的。”

江南只能老实地点头称是，鹿谷接着说下去。

“而黑猫馆中的情形又是怎样的呢？手记中是这样描述的——这些窗户上都镶嵌着‘王’、‘女王’、‘骑士’等图案的彩色玻璃。‘王’和‘女王’暂且不提，扑克牌里怎么会有‘骑士’呢？如果有的话，难道是J？另外，地面上的瓷砖也是红白相间的。你怎么看，江南君？！”

“会不会是——国际象棋呀？”

江南轻轻说出口，鹿谷那凹陷的眼睛里浮现一丝笑意，好像在说——答得不错。

“一边是扑克牌，一边是国际象棋；一边是白兔，一边是黑猫。”鹿谷的声音回荡在房间里。“就像我刚才在外面和你说的，这是在比拟刘易斯·卡罗尔的‘爱丽丝’啊。《爱丽丝梦游仙境》和《爱丽丝镜中奇遇记》——昨天晚上，你不是说读过《爱丽丝梦游仙境》吗？那一定还记得吧——爱丽丝追着一只白兔，掉进了洞穴里，最后到了‘红心女王’统治下的‘扑克牌王国’。”江南总算想起了那些主人公——会从马甲里取出怀表看时间的白兔，胡乱拧下别人首级的红心女王。

说实话，江南不太喜欢那个童话故事。他童年时候看的这本书，主人公爱丽丝那自以为是的性格就让他气愤不已。因此，他压根儿就没有看续集《爱丽丝镜中奇遇记》，连《爱丽丝梦游仙境》的内容也忘得差不多了。

“《爱丽丝镜中奇遇记》的故事是从爱丽丝抱着小黑猫照镜子开始的。这一次，她迷失在了国际象棋的世界里。”说到这儿，鹿谷的视线转移到了站在入口处的鲇田老人身上。

“我可真服你了。”他冲鲇田说起来，“在这之前，虽然手记中有许多描述让人感到别扭，但我还是坚持认为，黑猫馆就在这里，在阿寒的这片森林中。由于手记中出现了黑猫和国际象棋，因此我曾经以为，黑猫馆的建筑风格或许受到了《爱丽丝镜中奇遇记》的影响。但是当我来到这里后，才发现情况不对。建筑物的颜色与手记中描述的不同，各处的位置又正好颠倒，彩色玻璃上的图案也明显受了《爱丽丝梦游仙境》的影响……我真服了你了。我根本就没想到二十年前，天羽博士竟然会委托中村青司设计建造了两幢别墅。”

鲇田看着自己的脚，一声不吭。他身体单薄，背有点驼，左手残疾不能动弹，头顶秃了，左半边脸上留下了烧伤的痕迹，眼罩遮住了左眼。看见他这副样子，江南觉得心里很难受。

这和神代教授以及橘老师所讲述的天羽辰也博士的往日风采相去甚远。他竟然已经如此衰老、堕落、满身伤痕。这也难怪在阿寒町，他们路过那家电器店时，那儿的主人居然没有认出他来。如果现在让他和往日的友人、同事见面的话，又有多少人能认出这个男人就是天羽辰也呢？

“你看上去挺累的。”

老人低着头，戴着茶色的无檐帽。鹿谷看着他，说道：“还是找个地方坐下来吧。沙龙室里还有好几把椅子，我们就去那边吧。”

6

鹿谷从房间一角拖出摇椅，让鲇田老人坐下，自己则搬了一把椅子坐在他的斜前方。江南也找了个椅子，坐在两人中间。

“鲇田先生，能听我把话讲完吗？”鹿谷盘起长腿，缓缓开口了。老人依然一声不吭，只是低着头。鹿谷不管不顾地说了起来。

“来到这里以后，我才明白这里和手记中的黑猫馆不是同一个地方。我估计二十年前，天羽博士在别的地方建造了另一栋别墅……因此，当我必须重新考虑你手记中的内容时，便给自己设定了一个问题——黑猫馆究竟在哪里？”

与大房间相比，这里的光线要昏暗许多，满是灰尘。阳光透过彩色玻璃照进来，鹿谷将视线转移到江南脸上。

“昨天晚上，我不是对你说自己还有许多不解之处吗？其实，那些地方就暗示出了黑猫馆的所在位置，只是我太笨了，在来这里之前一点儿都没反应过来。虽然我还买了深奥的动物学方面的书籍，但没起任何作用——真可怜啊。”

听鹿谷这么一说，江南在心里琢磨：自己到现在还没有完全弄明白，那又算些什么东西呢？他老实地点了点头。

“究竟哪些地方让人感到别扭呢？还是让我具体地、按顺序来解释一下吧。”说着，鹿谷从脚下的挎包里，拿出那个黑色的手记复印件，放在膝盖上摊开来。“比如说在第一天，鲇田去酒店接那帮年轻人的时候，有这么一段描述：‘那天难得有雾，我不得不谨慎地开车。’如果手记中出现的城市是钏路的话，那白天有雾本身就不值得大惊小怪的。但手记里却用了‘难得’这个词，这不是很奇怪吗？夏季的钏路，一个月中有半个月会有雾，这可是很有名的——难道不是吗？”

“是这样的。经你这么一说，我也觉得有点奇怪。”

“好，再看看这一段。”鹿谷迅速地翻了几页，“这是在他们从酒店回黑猫馆的车中的记述，‘后面座位上的三个人闹哄哄的，一会儿隔着玻璃窗指指点点，一会儿大声念起道路标识和店家招牌上的文字。’你想象一下，那帮二十多岁的年轻人会弱智似的大声念出‘限速五十公里’、‘罗森便利店’之类的文字吗？”

“是啊，的确不会那样。”

“同样是在车子里，冰川隼人说自己前一天去了‘那个监狱’。我们一般会把‘那个监狱’理解成塘路湖畔的集治监狱，后来他又说，自己曾经去过网走看守所。但是，当他在酒店大厅与鲇田老人见面时，是这么说的：‘我是第一次来。这里可真不错。’我们当然可以理解成他是第一次来钏路，但是从前后文来看，似乎不是这个意思。他指的不是钏路这么狭小的地域，而是说的整个北海道。如果这样理解的话，这就和他前面所讲的话——我曾经去过网走看守所——前后矛盾了。接下来就是‘暮色’的问题。那天，鲇田老人和那伙年轻人碰头是在下午三点半左右。当他开车，搭着四个年轻人回黑猫馆的时候，手记中有两处关于‘暮色’的描写，即‘大雾已经消散，周围的暮色深了几分’；还有‘车子缓缓地行进在越来越浓重的暮色里’。他们是下午五点半多到达黑猫馆的，当时手记中是这样描述的：‘暗中，前车灯很刺眼’，竟然使用了‘黑暗’这个词语，说明当时天色已经完全黑了。这难道不奇怪吗？那可是八月一日的北海道呀！下午五点半左右，天色是不可能那么暗的。难道那仅仅是鲇田老人记错了？我们能这么理解吗？”

江南不知该怎么回答。鹿谷继续翻着手记。

“接下来——对，这也是让我觉得纳闷的地方。第一天晚上，餐桌上出现的是小羊羔肉。风间裕已不是还显得不满，说有膻味吗？不擅长烹饪的管理员，在客人来的第一天便给他们准备了小羊羔肉，你不觉得有点奇怪吗？”

“这……”

“晚饭后，那帮年轻人跑到沙龙室去了。鲇田被冰川叫到窗边，坐在椅子上。当时有这样一段描述：‘麻生拿着遥控器，身子前倾，盯着电视画面，或许都是些不熟悉的节目吧，他一脸无聊地来回切换着频道。’但是昨天，我看了报纸上的电视预告，发现这里大多数的节目和东京是一样的，连《鱿鱼天》都有，几乎没发现什么不熟悉的地方台节目。”

“是啊，的确是这样……”

“还是那个时候，冰川一边和鲇田老人说话，一边做着这样的举动：‘他把食指放到镶嵌在黑窗框的厚玻璃上，从上至下，画了条直线。’而且，后文中还有‘画在红玻璃上的一条线’的记录。怎么样，你不觉得奇怪吗？”

“这个……”

“能在窗户上用手画出一道线，就说明玻璃上凝有水雾。当时是夏天，室内开着冷气，不管早晚外面有多寒冷，房间里的玻璃上也不应该有水雾出现。”

江南用手梳理着满是尘土的头发，歪着头，等待鹿谷继续说下去。

“第二天，风间和木之内出去兜风了，鲇田老人把冰川带到大房间后，麻生谦二郎终于起床了。在他和鲇田老人的对话中，也有些让人费解之处。首先是 UFO 的话题。麻生是这样说的——最近，当地有不少人看见 UFO 了——至少我从来没有听说过北海道经常出现 UFO。对于这方面的消息，江南君，你应该更了解。去年夏天之前，你不是一直待在《CHAOS》编辑部吗？你怎么看？”

“你说的这一点，我也觉得纳闷。对了，昨天你在酒店里还向工作人员打听过了。”

“是的，工作人员也说不知道 UFO 的事情。

“问完 UFO 之后，麻生还问了许多让鲇田棘手的问题。灭绝的狼群、栖息在湖泊里的巨大生物、土著居民和失踪大陆的关系……这里所说的狼群可以认为是当地的土狼，湖泊可能是阿寒湖，土著居民可能是阿伊努族。但是我总觉得别扭，每个问题都有让人费解的地方。

“后来，准备出去散步的麻生又问附近有没有熊，鲇田老人很干脆地说没有。这也让人觉得奇怪。像阿寒这样森林繁茂的地带，不见得没有熊出没。昨天我问酒店的工作人员，他也说在偏僻的山林中，是会有熊伤人的事情发生的。”

鹿谷端着复印件，抬起胳膊，打了个大哈欠，转动了一下酸疼的肩膀。也许是他的动作吓到了鲇田老人，对方一下子抬起了头。

“下面就快接触到核心问题了。”鹿谷继续说下去，语调并未有所改变。“第三天，过了正午，大房间里的年轻人还没有起床，鲇田老人觉得不安，跑到二楼的房间去看。他最先进入的是‘左首靠楼梯’的冰川的房间，手记中是这样描述当时屋内状态的：‘窗帘没有拉起来，光线透过玻璃射进来，将没有开灯的房间截然分成明暗两部分。’但是，在前文中，我们知道在这个房间的正面内里有扇窗户，看一下刚才的平面图，就可以发现上了二楼后，左首最靠楼梯的房间是朝北的。那么，这个正面内里的窗户也应该是朝北的。当时刚过正午，照理说，太阳应该位于正上方。这样一来，手记中的描述就有点奇怪了。当时，太阳光能照进朝北的房间里吗，又怎么可能将房间分成明暗两部分呢？”

江南缓缓地摇摇头，脑子里闪过埃勒里·奎因的名作《上帝之灯》中的一个场景……

“再举个例子。当大房间被打开，椿本莱娜的尸体被发现后，木之内跑到玄关大厅的电话机旁，想要报警，被冰川阻止了。有关当时的场景，手记中是这样描述的：‘木之内晋正要按“0”键时，冰川一把摁住他的手。’当时，木之内正准备打电话，他按的第一个数字键为何不是报警电话‘110’中的‘1’，而是‘0’呢？在后文中，还有这样的描述：‘我的大脑中不时闪动着蓝红交替的透明光线。我拼命地不去想，催促着他们往走廊走。’这里所谓的蓝红交替的透明光线到底是什么呢？从上下文来看，总觉得是指警车上的警灯，但是……还是再举两个例子吧。一个是在查看椿本莱娜的物品时，他们明白了她的‘籍贯、出生日期以及身高’。籍贯和出生日期暂且不提，为什么还会知道身高呢？难道她生前特地在本子上写着自己的身高数据吗？还有一个就是：当天吃完晚饭，送木之内回房休息后，冰川听到‘森林里动物们嘈杂的叫声传了进来’后，是这样说的——‘这帮家伙没有脑梁’。鲇田把这句话理解成‘调节气氛的笑话’，但是其他两个人却没有明白是什么意思。他们很有可能都不理解‘脑梁’是什么意思。

“但幸运的是，江南君，你是具备这些知识的。所谓的脑梁，就是联结左脑和右脑的器官。过去为了治疗癫痫，有时还会通过手术切断脑梁。‘森林里的动物’没有‘脑梁’。在前文中，他们商谈如何处理尸体时，鲇田说过这样的话——森林里有许多动物，它们会嗅到尸体散发出的臭味，说不定什么时候就给挖出来了。如果把这两句放在一起考虑，我们会把这些‘动物’想象成狐狸、野犬之类的。那么这些动物的脑子里，真的如冰川所说，没有脑梁吗？为了弄清楚这个问题，我昨天特意买了那本书，学习了一下。”

“难怪你会去买书——那么，结果如何呢？”

“结果是这样的。”鹿谷挑了一下眉毛，“一般情况下，有胎盘的动物都有脑梁。”

“什么动物？”

“有胎盘的动物。比如说人类、猫、狗、兔子、熊、海豚、鲸等都是有胎类动物。”

“这能说明什么？”

“昨天我的思考就是在这里被堵住了。当时我就强迫自己相信那些‘动物’就是猫头鹰一类的鸟类——说实话，如果早点儿思考这个问题的话，说不定我早就得出答案了。”鹿谷稍微耸了耸肩，合上复印件，随意地放在满是灰尘的地上。“另外还有几处让人纳闷的地方。等以后再慢慢看吧，把那些地方找出来。”

“你就这么简单地讲一下，我还是……”

“你还不明白？你的反应也太迟钝了。当然，我也没有资格教训你。”鹿谷把腿换着交叉一下，转过身子，看着一直一声不吭地听着他们讲话的鲇田老人。“虽然刚才指出的那些地方，我一直觉得纳闷、费解，却始终没有找到答案。这都是因为我一开始就认为黑猫馆在阿寒，这个先入为主的想法禁锢了自己的思维。来到这里后，我才明白黑猫馆另在他处，但是究竟在哪里呢？我苦思冥想了半天，直到在二楼检查麻生谦二郎自杀的密室时，我才反应过来。

“在手记的最后，你是怎样得出那个‘结论’的？顺着这一点分析下去，总是无法拼出完整的图片。这是为什么，是我的调查方向出了差错？我一直在思考，后来终于明白了。我完全弄错了得出结论的所谓的大前提条件。”

鹿谷静静地看着默不作声的鲇田老人。

“你把黑猫馆修建在镜子的对面了吧？这个镜子立在赤道上——以赤道为界，在与阿寒相对的地球的另一端，是澳大利亚的塔斯马尼亚岛，你担当管理员的黑猫馆就在那里！”

7

“塔斯马尼亚？”江南不禁大叫出声，“这……鹿谷君，这到底……”

“让我来解释一下吧。”鹿谷一字一顿地说了起来，“二十年前，天羽辰也博士交给中村青司的工作，内容是这样的：在北海道和塔斯马尼亚——这两个分别位于北半球和南半球的岛上，对称地建造两幢别墅，就像是在赤道上竖起一面巨大的镜子，镜子两侧分别是本体和影像。一幢建在自己故乡钏路附近，另一幢建在年轻时留学的塔斯马尼亚。两者虽然不可能完全对称，但从整个地球来看，经纬度还是非常相近的，所以天羽博士最后选定了这两处地方。

“中村青司非常愉快地接受了这个奇特的委托，参照卡罗尔关于爱丽丝的两个童话故事，分别修建了这两幢别墅。色彩分别采用了黑色和白色，这或许是设计者有意识地烘托出‘本体和影像’的关系。

“当两幢别墅完工后，天羽博士把这里——阿寒的别墅告诉了友人，还给他们发去邀请信，让他们来小住几天。但是可以称为‘影像’的塔斯马尼亚别墅的事，他却没有告诉任何人。而且，天羽博士和养女理沙子可能都取得了那里的永久居留权。他们选择当地的最佳季节，往返于两地分别居住，暑假的时候待在阿寒，寒假的时候就去塔斯马尼亚。”

鹿谷从夹克衫的口袋里拿出烟盒，叼起“今天的第一支也是最后一支”。他故意抽得很慢，似乎留出时间让江南思考。抽完后，他把烟头在鞋底按灭了。

“如果明白黑猫馆在南半球的塔斯马尼亚的话，刚才列举出的那些‘疑问’恐怕都可以迎刃而解了。”他看着江南，说道，“手记里出现的那个城市估计不是钏路，而是塔斯马尼亚大学所在地——霍巴特市。那么手记中‘难得出现的大雾’一类的描述也就不再令人费解了。冰川隼人第一次来到‘那里’——也就是澳大利亚。‘那个监狱’也不是塘路湖的集治监狱，而是有名的阿瑟港监狱遗址。你恐怕也听说过这个遗址吧？澳大利亚原来是英国的殖民地，很多犯人被流放到那里。其中，罪行严重的就被流放到最南端的塔斯马尼亚岛上，那里好像被称作‘终极流放地’。

“那帮年轻人之所以会大声念着道路标示和店家招牌上的文字，肯定也是因为那些标识与日本不同而让他们感到稀奇。顺便说一句，鲇田老人在车里问冰川是否习惯了‘这里的方言’，这个方言就是所谓的澳洲英语。”

“是带有澳大利亚方言的英语吗？”

“是的。比如说英语‘ei’这个音，澳大利亚人好像发成‘ai’。‘make’被他们说成‘maik’，‘eight’被他们说成‘ait’，等等。至于暮色提前的问题也好理解了。八月初，我们这里是盛夏，而南半球的塔斯马尼亚岛却正值一年中最寒冷的时候。白昼时间也变短了，五点半左右，天色就会已经黑了。”

“那小羊羔肉怎么解释呢？”

“澳大利亚的畜牧业很发达，江南君。与日本相比，他们经常吃羊肉。天羽博士在那里住了很多年，做菜的手艺不管多么差劲，烤羊羔总还是会的。”

“有道理——电视里播放的节目都不怎么熟悉，这也是顺理成章的事了，对吧？”

“是的。另外，窗户玻璃上之所以会有水雾，也是因为当时不是夏天，而是冬天。室外寒冷，室内暖和，玻璃上当然会有水雾出现。”

“所谓的空调，指的也是暖气，对吧？”

“当然。例如——”鹿谷扫了一眼脚下的复印件。“手记中有这样的描述。那帮年轻人跑到沙龙室后，木之内喊‘热’，把袖子捋了上去，站起身来，让鲇田老人‘调节一下空调的温度’。看了这段文字，我们完全可以理解成是夏天。但事实上，不是冷气不足，而是暖气太足了。因此木之内才会捋起长袖衬衫或毛衣的袖子，喊‘热’。

“当我们明白黑猫馆在南半球的澳大利亚后，再回头读一遍手记，就发现原来觉得纳闷的地方都可以理解了。像第一天，冰川因为‘气温的差异’而感冒了，一直淌鼻涕等……”

江南看着鹿谷脚下的黑色复印件直想叹气。他想到了那个 UFO 传闻。去年他在《CHAOS》编辑部的时候，的确在相关的杂志上看到有关澳大利亚境内 UFO 目击者数量增多之类的报道。他把这点告诉了鹿谷，鹿谷满意地点点头。

“同样，麻生提到的‘那些狼’也不是土狼，而是塔斯马尼亚狼，也被叫作塔斯马尼亚袋狼。据说这种狼早就灭绝了，但是和日本狼一样，好像至今还有人声称看到过它们的身影。

“另外，所谓的‘土著居民’也不是说的阿伊努族，而是指澳大利亚的阿波利基尼族。而所谓的‘湖泊’也不是指阿寒湖。塔斯马尼亚岛上的确有许多湖泊，但是不知道那里是否有所谓的巨大生物。”

“当地的森林里不会有熊出没？”

“怎么可能有——对了，还有一点。”鹿谷看着黑色的复印件说，“当风间裕己和木之内晋带着椿本莱娜回到别墅的时候，鲇田老人听到她讲了这么一句话——‘真漂亮，满天的星星’，‘和东京的夜空完全不同’，当我们明白地点后，就会觉得这句话意味深长。当时她可能看到南十字星座了。

“正午的太阳光线照进了朝北的房间——这个矛盾也能解释了。因为在南半球，太阳不是在正南方的上空，而是在正北方的上空。”

“准备报警的时候，木之内怎么会按‘0’键呢？当地的报警号码是什么？”

“是‘000’，我好像在什么地方看过。而且，当地的警车上，警灯和美国是一样的红、蓝相间。你在电影里看见过吧？”

“是的。”

“至于检查椿本莱娜的随身物品时，知道了其身高的问题，也很容易解释。因为她的背包里有护照。护照上除了有本人的姓名、籍贯外，还有身高一栏。最后，就是那个‘没有脑梁’的问题了。”

鹿谷竖起中指，按在额头上，继续说下去。

“我昨天买的动物学书中，是这样说的——有袋类动物的脑子里没有脑梁。生活在澳大利亚的野生哺乳类，以袋鼠为首，几乎都是有袋类动物。‘那些生活在森林里的动物’或许就是当地的有袋类动物袋獾——它们被称为天下第一丑，还被叫作塔斯马尼亚恶魔。”

8

“鲇田老人——不，还是让我叫你的真名吧，天羽老人。”鹿谷冲着垂头丧气的老人说道，“当你失去理沙子，又被大学解聘后，已经无法在札幌立足，只好跑到了塔斯马尼亚，而不是阿寒。在手记中，你不是说那里是‘世界的尽头’吗？你躲到了森林深处，过去曾是自己财产的那个别墅里。你和‘当地的代理人’——居住在霍巴特市的日本人足立秀秋早就认识，通过他的安排，你更名为鲇田冬马，以别墅管理员的名义在那里住了下来。”

“嗯……”

“今年二月，你为什么要拿着手记回日本呢？你已经回忆起来了吧？风间裕己一家遭遇车祸，别墅被转让给冰川隼人的母亲，得知这个消息后，你……”

就在那时，老人那如同牢狱大门一般紧闭着的双唇，终于开了一条缝。

“你连这个都知道？”他沙哑的声音回荡在昏暗的房间里。江南不禁屏息看着他那如同木乃伊般干裂的嘴唇。老人低着头说：“我偏偏拜托你来调查这件事……”

“后悔了吗？”

鲇田冬马——天羽辰也微微摇了摇头。

“我一直瞧不起宿命论者，看来我需要改变自己的观点了。”说着，他稍微抬起头，那张衰老而丑陋的脸上，浮现出自嘲的表情。“尽管你解释了这么多，但说实话，我压根儿就没想到在那本手记里会有那么多让你们费解的地方。那个别墅建在塔斯马尼亚岛上，当时是冬季，这些对于我来说，都是不言自明的事情——因此我落笔的时候，就没有过多考虑，没想到让你们这么费脑筋。我写文章可是老手了……”

“我还有件事想问，请不吝赐教。”鹿谷显得毕恭毕敬。“或许这个手记还有续篇吧？也就是为自己写的侦探小说的‘解答篇’，应该还有后续……”

老人点点头，依然是自嘲的表情。“虽然写得不长，但的确还有一本，在火灾中被烧毁了。火灾当时的场景，我的确是想不起来了。”

“在那另一本册子里面，你记录下了最后那个密室事件的真相，记录下了罪犯的名字以及动机……”

“这些，你不是都明白了吗？现在，我已经没有必要说明了。”

“是呀。”

两人都没有说话，一时间，沙龙室里显得静悄悄的。不知不觉中，从窗外射进来的光线已经变弱了。离天黑还早。或许是乌云出来了，也可能是又起大雾了。

“我必须要告诉你一件事。”过了一会儿，鹿谷先开口了，“今天早晨，离开酒店之前，我给冰川家打了一个电话。我预感到那边可能出现什么变动了。”

“是吗？”老人的表情有点微妙的变化，鹿谷则继续不紧不慢地说着。

“听说前天，他们和在美国的冰川联系上了。他好像一直在南美进行研究工作。他终于知道了风间一家遇难的消息……现在，他可能正在飞回日本的班机上。当他得知母亲要转让或拆毁黑猫馆别墅的时候，急着要劝她放弃这个想法。”

“鹿谷君，你……”老人显得有点吃惊，看了对方一眼。“你要让我怎么做？”

“我也没要你怎么做。”说着，鹿谷从凳子上站起来，捡起地上的复印件放进挎包里，冲着南边的窗户，伸了一个大懒腰。“我们在这个别墅里没有发现任何犯罪痕迹。不要说人的尸体了，就连猫的残骸也没有发现。”

“你……”

“好了，江南君。我们回车上去吧。我快饿死了。”说着，鹿谷掉头朝走廊走去。江南赶紧从椅子上站起身来。

老人依然坐在那里，好像脚上没有力气。鹿谷走到门口，回头冲他喊了起来：“走吧，天羽，不——鲇田老人！”他乐呵呵地说着，和房间里荒凉破败的气氛很不相称。“在这个世界上，根本就没有黑猫馆。那本手记中的内容都是你在‘噩梦’的驱使下创作出来的。对我和江南君而言，这才是‘真实’的。”

尾声
丢失的手记

26

这是第二本手记。

我把一九八九年八月一日至四日，发生在黑猫馆中的事件，从头到尾详细地记录了下来。但我每次重读那本手记的时候，都不禁暗自苦笑。

在那本手记的开头，我曾写到这是我为自己写的一部小说（可以归入侦探小说的范畴）。这段文字能算是一些社会学家所说的“自我价值实现的预言”吗？我自己的语言对我的思考有很大的影响，最终，这本手记的体裁变得有那么点“侦探小说”的味道了。

如果过了十年，我完全想不起这件发生在黑猫馆的事件了，当我从桌子的抽屉里找到并且读完那本手记（问题篇）的时候，我会怎么考虑呢？我真的能准确说出事情的真相吗？

现在，光这么想想也蛮有趣的。

从这个角度考虑，现在我换了个本子，写下了这些文字。这些内容也许算是我为将来的自己写的“解决篇”。麻生谦二郎真的是自杀吗？如果是他杀，那么凶手又是谁呢？

以下，我就把自己对这个问题所下的结论，记录下来。

麻生谦二郎的尸体被发现时，现场——二楼的浴室是处于密闭状态的。那个浴室的出入口只有两扇门，而这两扇门都被关得严严实实，没有一丝空隙，因此根本无法用针、线等做手脚。插口和插销上也没有任何可疑的痕迹，凶手利用蜡烛、火柴等制造密室现场的可能性也被我排除了。因为插销的材料是黄铜，所以也不可能在门外用磁铁来做手脚。而且，经过我事后的周密调查，凶手利用换气口和排水口来做手脚的可能性也被否定了。

我还想到了一个比较原始的方法，就是把插销掰到正上方，尽量使其保持平衡，然后用力关门，依靠震动让其复位，落回插口中。我还特意做了试验，结果却发现，那个浴室的插销本身很难维持竖直向上的状态，而且旋转轴也松动了，这样一来，让插销维持竖直向上状态的可能性几乎为零。

通过以上的验证，答案已经一目了然了。

在那本手记中，我写了这样一段文字。

——我想他也许是被人杀死的。不，或许更应该说我是不得不这么想的。

为什么我“不得不那么想”？这当然是有依据的。也就是说，那个“密室”本身是天衣无缝的，但是在麻生房里发现的“遗书”却让我产生了怀疑。

在那封遗书中，麻生说自己杀死了椿本莱娜，而且对当时的情景记得很清楚。但是——但是，我知道椿本莱娜并不是被人杀死的。

莱娜不是被麻生杀死的，他们中的任何一个人都没有杀死她。

当我在大房间里观察莱娜尸体时就已经明白了这个事实。她不是被人掐死的，而是因为心脏麻痹猝死的。

如果她是因为围巾勒住脖子而窒息死亡的话，面容就不应该是苍白如纸，毫无血色，而应该和麻生一样，脸被瘀血涨得紫红。而且她也没有大小便失禁的痕迹，这就证明我的判断是对的。多数情况下，在被掐死的尸体上，都能发现大小便失禁的痕迹。

她不是被掐死的。当时，几个年轻人因为吸食毒品，已经分不清东南西北了，他们压根儿就没注意到，其中一个人还用围巾缠绕在她脖子上。这就是事情的真相。

虽然我知道事情的真相，却没告诉他们。当冰川靠近莱娜的尸体时，我还故意用衣服盖住了她的脸，因为压根儿就不想让他们知道真相。理由是，我想将这件事夸大成凶杀案，从而阻止他们去报警。不管她是病死的，还是乱服药物中毒死的，只要出了事，肯定会有大批警察前来搜查。这对我而言，那就不是什么好事，甚至可以说是一个威胁了。

正因如此，我并没有囫囵吞枣地理解那封“遗书”。我不得不怀疑——那不是麻生本人写的，而是其他人模仿他那很有特点的笔迹伪造出来的。

下面，再来接着思考“密室”问题。

通过前文所述的观察和试验，我到底想做什么呢？我只是想证明凶手制造“密室现场”的手法只有一个。在排除掉其他可能性后，只剩下唯一一种手法了。这就是我想证明的。那么唯一的犯罪手法是什么呢？不言而喻，是利用冰块犯罪。

把插销斜抬起来，在下面垫上冰块，固定好。就这样，关上门，等到冰块融化后，插销就会因为自重而落到插口里。凶手使用的就是这个老掉牙的手法。凶手之所以把淋浴喷头打开，也是为了用飞溅出的水花来掩盖冰块融化后产生的水迹。

但是，凶手犯了一个错误。

他一心想用冰块来制造“密室现场”，但在他实施计划的当天晚上，黑猫馆里并没有那至关重要的冰块。

因为那天晚上，厨房的冰箱坏了。风间裕己也把便携式冰盒里的冰块用完了，制冰室的冰霜也融化了。至少在黑猫馆里是做不了冰块的。

这样一来，可能性有一个。

凶手跑到屋外，把积雪放到便携式冰盒里，然后拿进来。

当天，由于大规模低气压接近本地，从下午开始，天气就急剧变化。当大家商谈如何处理莱娜尸体的时候，我去厨房给他们冲咖啡。当时，我透过玻璃窗看到的景象，直至现在还记忆犹新。

整片天空被浓厚的乌云所覆盖，森林中的树木带着潮气在风中摇曳，大地也早就黯然失色了。

雪下得很大，悄无声息地积得很厚。我之所以反对将莱娜的尸体抛入大海，也正是因为对在这种天气和路面状况下开车感到担心。

事实上，我的判断是正确的。天黑之后，雪势依旧没有变小，反而越来越大。当我把莱娜的物品放进塑料袋里，拿去焚烧炉的时候，雪下得更大了。虽然撑着伞，但几乎没有任何作用。每走一步都很费劲，当我走到焚烧炉边的时候，竟然觉得那距离比平时长了一倍。别墅的黑色屋顶也因大雪的覆盖而显得发白……

在那种气候条件下，当木之内因为服用毒品而精神错乱、冲出房门的时候，我很紧张。我们赶紧追上去，好不容易在院门口逮住了他。他那时已经深埋在雪里了，双手双脚在那里不停地扑腾着。如果我们弃之不管，不出几个小时，他肯定就被冻死了。

又回过去唠叨了半天，总之那天晚上，想把麻生之死弄成“密室”命案，只能把外面的积雪拿进来，除此以外别无他法。这样一来，能做到这一点的人只有一个。

不言而喻，只能是那个年轻人——冰川隼人。

这间别墅的窗户都被从内镶嵌死了，无法打开。而上方的拉窗即便全部打开，也无法把手伸出去。我可以断言，从这些地方是无法出去取雪的。

因此，凶手要想弄到雪，只能从正门或后门出去，没有其他办法。那天晚上，前后门都上锁了，没有钥匙是无法从里面打开的。第二天早晨我也查看过，门上没有硬撬的痕迹。而门上的钥匙共有两把，一晚上都由冰川隼人保管。

没错，就是冰川隼人。

深夜，冰川隼人找个借口跑去麻生的房间，趁他不备，从后面用摄像机上的连接线勒住了他的脖子，用力把他吊起来，杀死了他。接着，冰川把尸体搬进浴室，伪造了麻生自杀的假象，接着把淋浴喷头打开，用便携式冰盒里的雪代替了冰块，制造了密室。他估计不会有鉴别专家来，便将那封伪造的“遗书”留在寝室里。最后，他把便携式冰盒放回到沙龙室的桌子上。

第二天早晨，比我先起床的木之内来到沙龙室，将桌子上的便携式冰盒碰翻在地时，那里面还有水。而头一天晚上，风间可是把便携式冰盒翻了个底朝天，把里面的冰块都拿出来了。尽管如此，里面还有水，这就证明夜里有人把雪放进去了。

重复一遍，凶手就是冰川隼人。

但他为什么要杀死麻生呢？想要找出他的动机也不是一件很困难的事情。

用一个关键性的词汇来概括，就是“理性”。

那帮年轻人来到这里后的第二天下午，在大房间的回廊上，他决然地说了一句话——对自己而言，所谓的“神灵”就是自我的理性。即便去犯罪，也必须在理性的控制下进行——当时我的确感受到了他那坚强的意志力。

可就是这样一个青年，在那天晚上却不幸被卷入始料未及的风波中——就是那个事件……

那个女人趁其不备，将致幻药塞入他的口中，将他拖入那个荒淫的宴会中。第二天，当他恢复知觉时，却发现那个女的似乎被人掐死了（表面上），倒毙屋中。现场的大门从里面堵上了，只有包括他自己在内的四个人是嫌疑人。

肯定是自己这四人中的某个人杀死了莱娜，但他不知道谁是凶手。谁都有可能，说不定自己在幻觉中精神错乱，杀死了莱娜也未可知。

当他想到这儿的时候，心情是多么苦恼、郁闷啊！

当他知道大房间的地上有通往地下室的暗道时，他的苦恼减轻了一点。因为如果现场不是密封状态，那么他们四人犯罪的概率多少会降低一点。但是，当他得知那个暗道之门只能从大房间打开的时候，他又像当初一样苦恼了。我觉得，当木之内精神暂时失控，他建议把前后门都锁上的时候，所讲的理由都是实话。包括他要求保管钥匙，那也没有其他意思。但是后来，当他看完麻生拍摄的录像后，非常生气，等回到房间，只剩下一个人的时候，他的想法已经无法控制地朝一个方向集中了。

当时，他肯定是这么想的：自己或许在失去理性的状态下成了杀人犯，自己无法忍受这个“事实”，但其他人却已经默认了这个“事实”。绝对不能放任不管，绝对不能……

因此他做出了一个决定。

必须改变这个“事实”——杀死莱娜的不是他们四个人中不特定的一个人，而是除了自己之外的某个特定的人——他要将“事实”改变成这样。

因此他杀死了麻生，伪造了自杀现场，让我们都相信麻生才是杀死莱娜的凶手，从而改变大家固有的想法。在自己明确的意志下，杀死一个人，从而让自己从另一个杀人嫌疑犯的苦痛中解脱出来。冰川之所以会选择麻生作为牺牲品，是因为麻生具备了许多条件——个头矮小，笔迹容易模仿，除了莱娜的事情以外还有其他的自杀动机。以上，就是我关于麻生谦二郎之死的结论。

现在，我坐在大房间回廊的书桌前写着这本手记。卡罗蹲在我脚下，时不时地叫几声，在我腿上蹭着身体。黑猫馆又恢复了往日的宁静，一个月前的那件事就像是一场噩梦。那些回到东京的年轻人——尤其是冰川隼人——心中是否真的恢复了平静，我无从得知。每次想到为了理性这个“神灵”而杀死自己朋友的那个年轻人，我不由得会将他和过去的自己做个比较。那时，我根本无法用理性来控制自己的激情和欲望。一想到这儿，我的心情又会郁闷起来。已经过去十多年了啊，就在这个宅子里，就在这个房间里，我发疯了一般掐死了那个女孩。当时的幻影幽幽地浮现在眼前。在镜子另一面的别墅里，我把亲手画的那个女孩的肖像抬到地下通道里，发疯似的拿刀子在上面胡乱划着。这个幻影与刚才那个幻影重叠在一起，在我眼前摇摆……啊，好了，还是不要再想了。

我轻轻地将左手放在胸口，确认了一下心跳（我的心脏位置和正常人相反），这么想着——过去的事情就让它过去吧。我以后就在这里，为那些长眠地下的人守墓，从而了却余生。

搁笔之前，顺便把最近得到的消息也记录下来好了。前几天，足立秀秋从霍巴特过来了，这是他告诉我的消息。

上个月的上旬，他住在墨尔本的哥哥足立基春（有趣的是，他是我大学好友神代舜之介的至交）收到了一个令人震惊的消息。

足立基春的妻子足立辉美，结婚前的姓氏是古峨，好像是那个古峨精钟公司古峨伦典会长的亲妹妹。古峨伦典死后，由她在照看哥哥的儿子。但是在今年八月，她侄子却悲惨地死掉了。那个孩子住在镰仓一栋叫钟表馆的宅子里，杀死了几个来宅子的人后，自己也自杀了。让人惊讶的是，设计钟表馆的建筑师居然也是中村青司。

同一时间，在同一个建筑师设计的两个宅邸——黑猫馆和钟表馆中——都发生了如此悲惨的事情，我应该抱着什么样的心情去接受这个奇妙的现实呢？我愿意接受这个现实吗……这里，我暂且不写下来了。天很快就要黑了，昨天和今天，屋外的天气都不好，雨一直没有停过。也许是心理作用吧，我觉得那雨声似乎带着些许暖意。

一九八九年九月五日。

塔斯马尼亚岛的严冬正缓缓退去，暖春正渐渐到来。

图书在版编目（CIP）数据

黑猫馆事件 /（日）绫辻行人著；樱庭，车吉译．-- 3 版．北京：新星出版社，2024. 7（2025. 4 重印）
ISBN 978-7-5133-5670-1

Ⅰ．I313.45

中国国家版本馆 CIP 数据核字第 2024WA4067 号

黑猫馆事件

[日] 绫辻行人 著；樱庭　车吉 译

责任编辑　王　萌
责任印制　李珊珊
装帧设计　张　二

出 版 人　马汝军
出版发行　新星出版社
（北京市西城区车公庄大街丙 3 号楼 8001　100044）
网　　址　www.newstarpress.com
法律顾问　北京市岳成律师事务所
印　　刷　北京天恒嘉业印刷有限公司
开　　本　910mm × 1230mm　1/32
印　　张　7.25
字　　数　110 千字
版　　次　2024 年 7 月第 3 版　2025 年 4 月第 3 次印刷
书　　号　ISBN 978-7-5133-5670-1
定　　价　49.00 元

总机：010-88310888　传真：010-65270449　销售中心：010-88310811